천천히 깊게 읽는 심청전

김학민 엮음 이순영 감수 유기훈 그림

을파소

독서의 즐거움을 충분히 느끼길 바랍니다

　지난 반세기 동안 우리에게 독서는 일종의 당위(當爲)였다. 잘 꾸며진 서재에서 아이에게 책을 읽어 주는 부모의 모습은 풍요롭고 행복한 가정의 상징이었다. "우리 아이는 책을 얼마나 많이 읽는지 몰라요."라는 말은 어머니들 사이에서 어린 자녀를 자랑하는, 은근하지만 가장 강력한 발화였다. 책을 읽지 않는 것은 나이나 지위를 막론하고 부끄러운 일이었고, 설사 독서를 즐기지 않아도 이 사실을 남 앞에서 드러내기가 쉽지 않았다. 현실에서는 책을 거의 읽지 않는 책맹(冊盲, aliteracy)이지만 남과 이야기할 때는 그럴싸한 책을 언급한 경험이 있을 것이다. 같은 맥락에서 우리의 책꽂이에는 몇 장도 제대로 읽지 않은 훌륭한 책들이 얼마나 많이 꽂혀 있는가?

　어찌 보면 우리는 남들이 말하는 '좋은 책'을, 어렸을 때부터, 가능한 많이, 또 빨리 읽어야 한다는 부담 속에서 생활했는지도 모른다. 유치원부터 독서영재반 속독훈련 학원이 성행하는 이 사회의 이면에는 '속독'과 '다독'에 대한 뿌리 깊은 열망이 있다. 그리고 독서와 관련된 강박적 문화 때문인지 독서에 피로감을 느끼는 이들도 많다. 이러한 독자들은 독서를 해야만 하는 필요성이 사라지면 급속도로 책과 멀어진다. 특히 최근에는 스마트폰과 같은 디지털 환경의 발달로 비독서인이 책을 가까이 할 기회와 시간이 더욱 줄어들고 있다.

　을파소의 〈천천히 깊게 읽는 심청전〉은 이러한 우리의 독서 문화 속에서 특

별한 의미를 갖는 기획이다. 속독이나 다독, 읽기 시험과 점수, 독후감 쓰기 평가, 또 자신의 내실보다는 어떤 책을 읽었는지 보여 주기를 강조하는 환경 속에서 독서에 흥미를 잃고 지친 독자들을 위한 기획이기 때문이다. 독서는 근본적으로 글과 독자의 만남이다. 독자들은 독서를 통해 지금까지 전 인류가 축적한 지식과 문화유산의 정수를 맛볼 수 있다. 실로 엄청난 일이다. 사실 인류의 역사 속에서 일반 시민들이 글을 익히고 책을 소유하고 자유롭게 독서하도록 허락된 것은 근래의 일이다. 그런데 개별 독자들이 책 속에 담긴 의미를 제대로 이해하고, 독서가 주는 기쁨을 충만하게 느끼기 위해서는 일정한 조건이 필요하다. 바로 독자 개인의 인지적인 노력과, 책이 제공하는 여러 가지 종류·층위의 즐거움을 충분히 음미하기 위한 시간이다.

이 책은 바로 이 점에 착안하여 기획되었고, 크게 세 가지 특성을 갖고 있다. 첫째, '천천히 읽기(slow reading)'라는 기반 위에 기획되었다. 무언가에 쫓기지 않고 자신의 속도대로 작품을 읽고 싶은 독자들, 작품의 의미를 여러 각도에서 스스로 생각해 보고 싶은 이들, 또 책을 읽어 나가는 과정 속에서 즐거움을 느끼고 싶은 이들을 위한 책이다. 이 책이 뿌리 내리고 있는 '천천히 읽기'는, 단순히 독서의 속도만을 의미하는 것이 아니라 독서의 깊이와 목적, 나아가 생각하는 방식에 대한 변화를 의미한다.

둘째, 동서양의 좋은 책 중에서 많은 이들이 실제로 읽고 즐길 만한 작품들을 골라 기획되었다. 고전(古典)의 사전적 의미는 '오랫동안 많은 사람에게 널리

읽히고 모범이 될 만한 문학이나 예술 작품'이다. 그러나 현실의 독자들에게 고전(古典)은 때로 '고리타분한 책' 혹은 '읽으면 좋으나 실제로 읽는 사람은 거의 없는 책'의 의미를 갖기도 한다. 이런 현실을 고려하여 〈심청전〉이나 〈위대한 개츠비〉처럼 동서양의 고전 중에 현대의 독자들이 비교적 쉽게 읽고 즐길 수 있는 작품들을 엄선하였다. 〈심청전〉은 우리나라의 중요한 고전 작품으로 그 내용을 모르는 이는 없다. 그러나 중요한 점은 〈심청전〉의 원작을 실제로 읽은 독자도 거의 없다는 것이다. 우리가 학창 시절에 접한 〈심청전〉은 사실 심청전에 대한 어린이용 요약본이나 쉽게 각색한 작품들이었다. 고전 작품들이 갖는 특별한 힘은 해당 작품을 실제로 읽을 때에야 발현될 것이다. 〈심청전〉에 대해 이미 많이 들어본 독자들도 〈천천히 깊게 읽는 심청전〉을 통해 우리의 문학 유산인 〈심청전〉을 실제로 접하는 특별한 경험을 하게 될 것이다.

셋째, 독자의 자연스러운 독서 과정을 방해하지 않으면서도 작품에 대한 이해를 돕는 여러 가지 장치들을 제공하고 있다. 학생들은 물론 성인들 중에도 고전 작품 읽기를 부담스러워하는 이들이 많다. 아무래도 혼자 읽기 어렵다는 생각 때문이다. 이러한 문제를 해결하기 위해 독서의 과정(읽기 전-중-후)에 따라 총 4단계에 걸쳐 필요한 정보와 안내를 제공한다. 읽기 전에는 작품에 대해 관심을 갖고 독자 나름대로 자유롭게 예측하도록 돕는 재미있는 활동이 제공된다. 읽기 중에는 독해의 과정에 필요한 지식(어휘의 의미와 작품과 관련된 배경지식들)을 적절히 제공해서, 독자가 자연스럽게 생각을 이어나가도록 설정하였다. 읽은 후에는 작품에 대해 곰곰이 되새기면서 독자가 구성한

의미를 심화하고 확장할 수 있는 안내를 제공하였다.

　이러한 안내 장치들 덕분에 아이들은 물론 고전을 실제로 맛보고 싶은 성인들에게도 적합하다. 아이들은 책의 안내에 따라 고전을 스스로 읽고 감상해 볼 수도 있고, 교실이나 동아리에서 친구들이나 선생님과 함께 활동할 수도 있다. 좋은 작품을 한 편이라도 제대로 읽어본 경험, 작품에 대해 타인과 진지하게 논의해 본 특별한 경험은 한 명의 독자를 평생 동안 '힘 있는 독자(empowered reader)'로 동기화시키는 무한한 에너지가 될 수도 있다. 이 책을 통해 우리의 독자들이 동서양의 고전 작품들을 읽는 기쁨을 충만히 느끼고 스스로 작품의 의미를 만들어 나가는 능동적인 독자로 성장하기를 기대한다.

고려대학교 국어교육과 교수
이순영

차례

STEP 1
읽기 전 준비 운동

효(孝)

反哺

효(孝)
▶▶ 자식이 부모에게 대하는 공경의 마음, 어버이를 잘 섬기는 일

효
효도
충효
사친이효(事親以孝)
반포지효(反哺之孝)
긴병에 효자 없다
⋮

효도란 _____이다.

❖ 다음은 〈탈무드〉에 나오는 '효도'라는 이야기의 한 토막이
에요.

옛날 어느 마을에 한 청년이 살고 있었다. 그 청년은 모두 부러워하
는 보물을 갖고 있었다. 그 보물은 바로 번쩍번쩍 빛나는 커다란 다
이아몬드였다. 청년은 이 귀한 보물을 금고에 보관해 집 안 깊숙이
넣어 두고, 열쇠는 아버지의 베개 밑에 숨겨 두었다.
그러던 어느 날 한 랍비(유대교의 율법 학자)가 청년을 찾아왔다.
"이보게, 내게 그 다이아몬드를 팔지 않겠나?"
"가격이 맞으면 팔겠지만, 그게 워낙 비싼 보물이라……."
"금화 6천 냥이면 되겠는가? 예배당을 새로 꾸미려고 하는데, 그 다
이아몬드가 꼭 필요해서 그러네."
"6천 냥이나요?"
청년은 마음속으로 무척 기뻤다. 청년이 생각한 가격은 금화 3천 냥
정도였는데, 랍비가 6천 냥을 낸다고 하니 기쁨을 감출 수 없었다.
"감사합니다, 랍비님. 바로 다이아몬드를 내오겠습니다."

잠시 후 청년은 빈손으로 랍비 앞에 나타났어요. 그리고 랍비에게 빈손으로
나타난 이유를 설명했지요. 그러자 랍비는 청년에게 '진정한 효자'라고 입이
마르도록 칭찬했습니다. 둘 사이에 어떤 대화가 오고갔을지 마음껏 상상해 보
세요.

이야기의 결말은 STEP4에서 공개합니다!

Q 효녀(효자)가 갖추어야 할 점은 무엇일까요? 떠오르는 생
  각을 마음껏 적어 보세요.

효녀
효자

13

Q 친구, 사촌언니, 교회 오빠, 피아노학원 동생 등 나의 주변 사람들 중 효녀(효자)라고 느껴지는 사람이 있나요? 그 까닭은 무엇인가요?

A
_____
_____
_____
_____
_____
_____

Q 이 책의 제목은 〈심청전〉입니다. 책을 읽기 전 심청은 어떤 사람일까 상상해 보세요.

A
_____
_____
_____
_____
_____
_____
_____
_____

마음을 가라앉히고 이 사진을 차분하게 감상해 보세요.
이 책을 읽게 된 동기를 되새기고,
어떤 이야기가 펼쳐질까 상상해 보세요.
그리고 책장을 넘기세요!

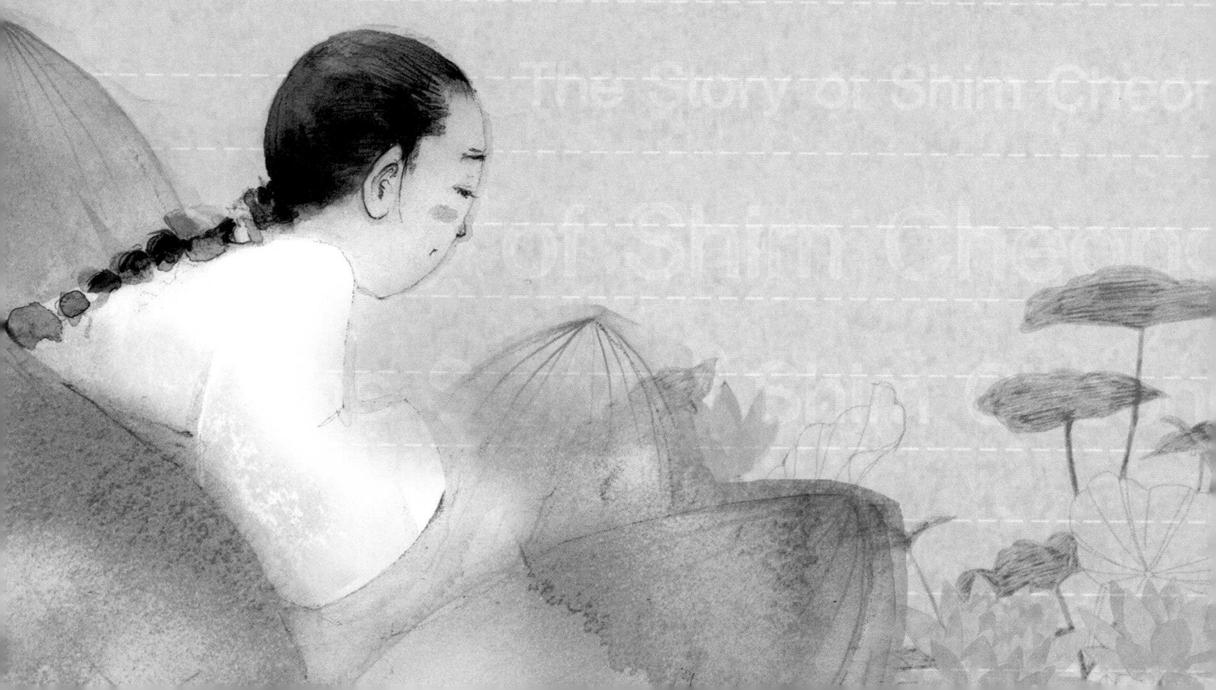

STEP 2
작품 천천히 읽기

어허둥둥 내 딸이야

송나라가 저물어 가던 때, 황주 도화동에 봉사 한 사람이 살았다. 봉사의 성은 심이요, 이름은 학규였다. 심학규는 대대로 벼슬을 지낸 뼈대 있는 가문의 자손이었다. 그러나 스무 살이 되기 전에 눈이 멀고 가세까지 기울어서 그만 가문의 벼슬길이 뚝 끊어지고 말았다. 이후 심학규는 심 봉사로 살았으나, 행실이 바르고 청렴하여 사람들의 칭찬이 마를 날이 없었다.

심 봉사의 부인 곽씨는 옛사람인 태임에 견줄 만큼 어질고, 목란처럼 절개 높은 여인이었다. 남편에겐 살뜰하고 이웃에겐 깍듯했다. 살림 솜씨 또한 빼어났다.

그러나 심 봉사네 찢어질 듯 가난하니, 곽씨 부인 몸 바쳐서 품을 팔지 아니하면 끼니조차 잇기 어려웠다. 삯바느질, 삯빨래, 술 빚고 떡 찌기, 원앙금침* 자

똑똑한 지식 사전

태임 중국 주나라 문왕의 어머니이다. 성품이 바르고 곧아 오로지 덕을 행하였다고 한다. 그 시절 최고의 여성상으로 꼽혔다. 신사임당도 태임을 본받고자 당호(집의 이름에서 따온 그 주인의 호)를 '사임당'으로 지은 것이다.

목란 중국의 서사시 〈목란사〉에 나오는 주인공이다. 여자로서 아버지를 대신하여 남장을 하고 싸움터에 나가 공을 세웠다고 한다.

수 놓기, 혼인집 음식 장만하기, 초상집 일 거들기……. 일 년 삼백예순날을 쉬지 않고 일하였다. 이렇듯 힘들고 어렵게 살았으나 두 부부의 금슬은 원앙조차 부러워할 정도였다. 또한 아랫마을 윗마을 너나할 것 없이 칭찬하니, 부부는 이 한 세월 재미있게 살아갔다.

그러나 부부에게도 한 가지 고민이 있었으니, 슬하에 자식이 없다는 것이었다. 어느 날 심 봉사가 마누라를 곁에 불러 앉혔다.

"여보, 마누라. 거기 앉아 내 말 좀 들어보오."

"말씀하세요."

"마누라는 전생에 나와 무슨 인연이 있었기에 이생*에서도 부부로 만났을까? 앞 못 보는 나를 극진히 봉양하니, 나는 당신 덕에 행복에 겹소. 허나 한 가지 안타까운 게 있소. 내가 마흔이 되도록 슬하에 혈육 한 점 없으니 참으로 답답하구려. 이대로 죽어 저승에 가면 조상님을 어찌 뵐지……. 우리 부부 죽고 나면 제사상에 밥 한 그릇 올릴 사람 없을 텐데, 그것도 한이 되오. 우리 아들이건 딸이건 하나만 점지해 달라고 하늘에 빌어 봅시다."

"옛말에 자식을 낳지 못하는 게 불효 중의 불효라고 하였지요. 제가 자식 두고 싶은 마음만 있었지, 정성이 부족했습니다. 또한 어리석게도 서방님의 마음을 헤아리지 못했어요. 궁핍한 살림 탓에 서방님께서 자식을 원치 않는 것인가 짐작하여 차마 말을 못 꺼냈지요. 허나 이제 속 시원히 말씀해 주셨으니, 지극 정성을 들이겠습니다."

"고맙소, 마누라."

*원앙금침 ; 원앙을 수놓은 이불과 베개
*이생 : 이승의 생애. 이승이란 지금 살고 있는 세상을 뜻한다.

그날부터 곽씨는 품 팔아 모은 돈으로 온갖 정성 다 들였다. 목욕재계 기도하고, 이름난 산, 신령한 절을 수소문하여 찾아다녔다. 집에서는 성주신과 조왕신[*], 조상님께도 빌었다.

그렇게 지성을 드리니, 공든 탑이 무너질까, 힘센 나무가 부러질까! 갑자년 사월 초파일밤, 곽씨는 이상한 꿈을 꾸었다. 하늘에 오색 구름이 뭉게뭉게 피어오르더니 머리에 화관을 쓴 선녀가 학을 타고 너울너울 내려왔다. 손에 들린 계수나무 한 가지가 하늘거리고, 색동옷에 달린 노리개가 쟁그랑쟁그랑 소리를 내니 더없이 신비로웠다. 이윽고 선녀는 곽씨 부인 앞에 섰다. 그러고는 공손히 절을 올렸다.

"소녀는 서왕모[*]의 딸입니다. 옥황상제의 명을 받아 삼천 년에 한 번 열리는 복숭아를 따 오는 길에 친한 벗을 만나 놀다가 시간을 어기고 말았어요. 하여 인간 세상으로 쫓겨나게 되었는데, 여러 부처와 보살이 부인 댁으로 가라고 하더군요. 저를 어여삐 여겨 주세요."

선녀가 곽씨 품에 와락 안겼다. 달덩이가 배 속으로 쑥 밀려 들어오는 것만 같았다. 깜짝 놀란 곽씨는 번쩍 눈을 떴다.

"참 희한한 꿈도 다 있네."

"마누라, 흉몽이라도 꾸었소?"

마침 깨어난 심 봉사가 걱정스레 물었다. 곽씨는 꿈 이야기를 주절주절 늘어놓았다. 심 봉사는 눈을 동그랗게 뜨며 자신도 똑같은 꿈을 꾸었다고 말했다.

---

*성주신 : 집을 다스리는 신
*조왕신 : 부엌을 다스리는 신
*서왕모 : 중국 신화에 나오는 신녀(神女)의 이름. 먹으면 죽지 않는 불사약을 가진 선녀라고 한다.

부부는 태몽이라 여기고 내심 기뻐했다.

과연 그 달부터 곽씨에게 태기가 보였다. 곽씨는 몸가짐을 조심하고 마음가짐 또한 바로 하여 열 달을 채웠다.

그리고 어느 날 드디어 해산의 기미가 나타났다. 심 봉사는 허겁지겁 이웃집 귀덕어멈네로 달려가 도움을 청했다.

"아이고 배야, 아이고 허리야!"
곽씨 부인 누워 앓으니
심 봉사 겁을 내어 반갑고도 겁을 내어,
짚자리 들여 깔고 정화수 한 그릇을 소반에 받쳐 놓고
무릎 꿇고 빌고 빌어 순산하기 기다릴 제,

얼마나 지났을까. 갑자기 방 안에 오색 구름이 둘리고 향기가 가득 찼다. 이어서 아기의 우렁찬 울음소리가 울려 퍼졌다. 밖에서 그 소리를 들은 심 봉사는 덩실덩실 춤을 추었다.

귀덕어멈 돌아가고도 한참 뒤에야 곽씨는 정신을 차렸다. 심 봉사가 곁에서 아기를 어르며 웃고 있었다. 곽씨는 다짜고짜 물었다.

"여보시오, 서방님. 딸이요, 아들이요?"

"마누라, 그게 그리 급하오? 난 그저 좋아서 딸인지 아들인지 확인도 안 하고 있었소."

심 봉사 허허 웃으며 아기 샅을 더듬더듬 만져보았다.

"손에 걸리는 게 없는 걸 보니 딸인 모양이오, 허허."

곽씨는 푹 한숨을 내쉬었다.

"늘그막에 얻은 자식이 하필 딸이라니, 가슴이 답답합니다."

"마누라, 그런 말 마오. 아들도 잘못 키우면 조상님께 욕이 되고, 딸도 잘만 키우면 아들과 바꾸겠소. 우리 이 딸 고이고이 기릅시다. 바른 예절 가르치고, 바느질과 베 짜기도 두루두루 가르쳐서 요조숙녀로 키웁시다. 훌륭한 배필 만나 알콩달콩 살아가면 무엇을 더 바라겠소? 제사는 외손주에게 맡기면 그만이오."

고맙게도 귀덕어멈이 첫국밥*을 지어 돌아왔다. 심 봉사는 삼신상*에 오른 첫국밥을 앞에 놓고 두 손 모아 딸의 안녕을 빌었다.

"마흔 넘어 점지한 딸 순산을 시키시니 삼신님의 큰 은혜 어찌 잊으리까. 곱고 예쁜 우리 딸 잔병 없이 쑥쑥 자라게 하옵소서."

빌기를 마친 뒤 심 봉사는 미역국을 떠서 곽씨를 먹였다. 그러고는 다시 아기를 안아들었다. 사랑스러운 딸을 안자 노래가 절로 나왔다.

아가 아가 내 딸이야, 아들 같은 내 딸이야

금을 준들 너를 사며, 옥을 준들 너를 사랴

산호 진주 안 반갑고, 남전북답* 소용없다

어둥둥 내 딸이야, 어허둥둥 내 딸이야

표진강 숙향*이가 네가 되어 태어났느냐

*첫국밥 : 아이를 낳은 뒤에 산모가 처음으로 먹는 국과 밥. 주로 미역국과 흰밥을 먹는다.
*삼신상 : 아기를 낳은 뒤에 삼신에게 올리는 상. 삼신은 아기를 점지하고 산모를 돌보는 신이다.
*남전북답 : 밭은 남쪽에 논은 북쪽에 있다는 뜻으로, 가지고 있는 논밭이 여기저기 흩어져 있음을 이르는 말
*숙향 : 백제 설화에 등장하는 처녀. 숙향은 강제로 궁녀가 되었다가 아버지를 그리워하며 표진강에 몸을 던졌다.
*산후더침 : 아이를 낳은 뒤에 조리를 제대로 하지 못하여 생기는 여러 가지 병

은하수 직녀성이 네가 되어 내려왔느냐

어둥둥 내 딸이야, 어허둥둥 내 딸이야

심 봉사가 진심으로 기뻐하니, 곽씨의 답답한 가슴이 탁 풀어졌다. 그리고 한 없는 즐거움이 곽씨의 마음에 가득 찼다.

그런데 이런 슬픔이 또 있을까. 세상사가 본래 슬프다지만 이럴 수는 없는 일 이었다. 곽씨가 그만 산후더침에 걸린 것이다.

"아이고 머리야, 아이고 허리야."

심 봉사가 약을 쓰고, 경도 읽고, 굿도 해 보았지만 곽씨의 병은 깊어만 갔다.

"여보시오 마누라, 밥 한 술 못 뜨고 물 한 모금 못 넘기니 안타깝기 그지없 소. 마누라 죽게 되면 강보에 싼 딸아이는 어찌하잔 말이오. 앞 못 보는 이내 몸 은 오고갈 데 없소이다."

곽씨는 자신의 생이 다했음을 알고 남편의 손을 덥석 잡았다. 그러고는 후유, 한숨을 길게 내쉬었다.

"서방님!"

"마누라!"

똑똑한 지식 사전

경(經) 〈논어〉, 〈맹자〉 같은 유교 경전, 〈금강경〉, 〈반야심경〉 같은 불교 경전, 무당이나 점쟁 이가 사람의 액을 쫓거나 병을 낫게 할 목적으로 외는 기도문과 주문 등을 모두 '경'이라고 일 컫는다. 심 봉사가 읽은 경은 부인의 병이 낫기를 바라며 읽은 경으로, 세 번째 의미의 경이다. 이러한 '경'은 '무경(巫經)'이라고도 한다.

"우리 부부 백년해로*하기로 약속했지만, 그 약속 못 지키겠습니다. 내 명은 여기까진가 봐요. 하늘도 무심하지, 어린 여식 젖 한 번 제대로 못 먹였는데……. 앞 못 보는 우리 서방은 어떻게 살아갈까. 돌에 채여 넘어지고 구렁에 빠져 허우적이는 모습 눈에 선합니다."

"여보, 마음 약한 소리 하지 마시오. 어서 병을 털고 일어나야지."

그러나 곽씨는 힘겹게 고개를 가로저었다.

"내 말 잘 들으세요. 저 건너 김 동지* 댁에 돈 열 냥 맡겼으니, 나 죽으면 그 돈 찾아다 장례에 쓰십시오. 항아리에 해산쌀*을 넣어 두었으니 양식으로 쓰시고, 장롱에 진 어사 댁 관복 한 벌 넣어 두었으니 그 댁에 보내 주세요. 관복에 학을 수놓아야 하는데, 미처 못 해 죄송하다고 전해 주십시오. 우리 아기 젖 달라고 울면 귀덕어멈에게 가세요. 나와 가장 친한 사람이니 괄시하지 않을 겁니다."

곽씨는 아기를 돌아보며 혀를 끌끌 찼다.

"하늘의 도움으로 아기가 자라 아장아장 걷거들랑 제 무덤에 찾아와 주세요. 네 어미의 무덤이라 가르쳐 주고, 저와 만나게 해 주세요. 아차, 잊은 게 하나 있네요. 이 애 이름은 '맑을 청(淸)'자를 써서 청이라고 지어 주세요. 아기가 맑게 자라고, 또 아버지의 맑은 눈이 되어 주라는 뜻에서 지은 이름이에요. 후우, 할 말은 많은데 숨이 가빠서 더 못하겠네요. 우리 딸 주려고 함 속에 옥가락지를 넣어 놨는데……."

곽씨는 숨이 차서 말을 잇지 못했다.

*백년해로 : 부부가 되어 한평생을 사이좋게 지내고 즐겁게 함께 늙음
*동지 : 조선 시대 벼슬인 동지중추부사의 줄임말
*해산쌀 : 아이를 낳은 사람이 먹을 밥을 지을 쌀

"마누라, 조금만 참으시오. 내 약을 지어 오리다."

심 봉사는 부랴부랴 약을 지어 돌아왔다. 다녀오는 길에 넘어지고 자빠져서 온몸이 상처투성이였다. 심 봉사는 자기 상처는 돌볼 생각도 않은 채 화로에 불 피우고 정성스레 약을 달였다.

"마누라, 일어나 약 좀 자시오."

그러나 곽씨는 대답이 없었다. 심 봉사는 약사발을 내려놓고 부인을 일으켜 앉히려 했다. 그런데 부인의 팔다리가 축 늘어지고, 코밑에선 서늘한 김이 났다. 그제야 부인이 죽은 줄 알고 심 봉사는 울부짖었다.

"아이고 마누라! 기어코 죽었는가!"

가슴을 쾅쾅, 머리를 탕탕, 발을 동동…….

"여보 마누라, 그대 살고 나 죽으면 어린 자식 잘 키울 걸, 내가 살고 그대 죽어 어린 자식 어찌하오! 엄동설한* 찾아오면 우리 자식 무엇 입고, 배고파서 울어대면 무엇 먹여 살려낼까. 염라국*이 어디라고 나 버리고 먼저 갔소!"

심 봉사 우는 소리에 동네 사람들이 우르르 몰려들었다. 곽씨의 죽음을 알고는 남녀노소 할 것 없이 구슬프게 울어댔다.

"하늘도 무심하지. 어린 자식, 눈 먼 남편은 어찌 살라고……."

"죽은 곽씨 부인도 불쌍하고, 눈 먼 심 봉사도 불쌍하네. 우리 동네 백여 집이 한 푼 두 푼 모아 장례를 치러 주는 게 어떠하오?"

"좋은 생각입니다."

도화동 사람들은 힘을 모아 심 봉사를 돕기로 뜻을 모았다. 곧 수의와 관이

---

*엄동설한 : 눈 내리는 깊은 겨울의 심한 추위
*염라국 : '저승'을 달리 이르는 말. 저승을 다스리는 염라대왕의 나라라는 뜻이다.

마련되고, 양지 바른 곳에 묏자리가 정해졌다.

초상 난 지 사흘째 날, 곽씨 부인 태운 상여가 마을길에 들어섰다. 상두꾼이 땡그랑 땡그랑 요령을 울리며 구슬프게 상두가*를 불렀다.

어넘차 너와넘.

북망산*이 멀다더니 저 건너 안산*이 북망이로구나.

어넘차 너와넘.

현명하신 곽씨 부인 불쌍하게 떠나셨네.

어넘차 너와넘.

봄꽃은 해마다 피어나는데, 임금님도 한 번 가면 못 돌아오는구나.

어넘차 너와넘.

심 봉사가 통곡하니 가재가 뒷걸음질 치고 호랑이는 술주정하네.

어넘차 너와넘

인경* 치고 바라* 치니 집집마다 하인들이 문을 여네.

어넘차 너와넘

새벽 종다리 쉰 길* 뜨니 서천명월*이 다 밝아온다.

*상두꾼 : 상여를 메는 사람. 상여꾼이라고도 한다.

*상두가 : 상여꾼들이 상여를 메고 가면서 부르는 구슬픈 소리. 만가, 상여가, 상옛소리, 상두소리라고도 한다.

*북망산 : 무덤이 많은 곳이나 사람이 죽어서 묻히는 곳을 이르는 말. 중국의 베이망 산에 무덤이 많았다는 데서 유래한다.

*안산 : 풍수지리에서, 집터나 묏자리의 맞은편에 있는 산

*인경 : 조선 시대에, 통행금지를 알리거나 해제하기 위하여 치던 종

*바라 : '파루'의 변한 말. 파루란 조선 시대에, 서울에서 통행금지를 해제하기 위하여 종각의 종을 서른세 번 치던 일을 말한다.

*길 : 길이의 단위. 한 길은 여덟 자 또는 열 자로 약 2.4미터 또는 3미터에 해당한다.

*서천명월 : 서쪽 하늘의 밝은 달

어넘 어넘 어넘 어넘차,

어이가리 넘차 너와넘.

심 봉사는 어린 청이를 강보에 싸서 귀덕어멈에게 맡겨 둔 채 상여 뒤채 걸머
쥐고 허위허위 따라간다.

아이고 마누라, 날 버리고 가네 그려.

나도 가세, 나하고 가세.

첩첩산중 아득한 길, 다리 아파 어이 가리.

해는 어둡고 구름은 아득한데, 주막이 없어 어이 가리.

부창부수* 우리 정분,* 나와 함께 같이 가세.

심 봉사 울부짖어도 상여는 무심하게 나아간다.

땡그랑 땡그랑 땡그랑…….

어넘 어넘 어넘차 너와넘.

여보소 친구네들,

자네가 죽어도 이 길이요, 내가 죽어도 이 길이로다.

어넘차 너와넘.

＊부창부수 : 남편이 주장하고 아내가 이에 잘 따름. 또는 부부 사이의 그런 도리
＊정분 : 사귀어서 정이 든 정도. 또는 사귀어서 든 정
＊제문 : 죽은 사람에 대하여 애도의 뜻을 나타낸 글
＊주과포혜 : 제사에 쓰이는 술·과일·육포·식혜를 이르는 말

어넘 어넘 어넘 어넘차,

어이가리 넘차 너와넘.

그럭저럭 산소에 이르렀다. 깊이 안장을 한 뒤에 심 봉사가 제문*을 읊었다.

"부인이여, 부인이여. 어질고 지혜롭던 부인 이여! 한평생 같이 살자 기약하더니, 그 약속 저버리고 어디로 갔소. 칠 일 만에 어미 잃은 우리 딸은 어떡하나. 저승으로 가는 길은 이승 으로 이어지지 않으니, 가슴만 칠 뿐이구려. 이제 깊은 산에 누웠으니 후세에나 만나려나. 변변찮은 주과포혜*라도 실컷 먹고 가시오."

심 봉사는 봉분에 달려들어 엎드렸다.

"아이고 마누라! 나는 집으로 가는데, 마누 라는 예서 사니……. 으흐흑……. 나는 이제 개밥의 도토리요, 꿩 잃은 매라. 장차 누굴 믿 고 살아야 하오."

통곡하는 심 봉사를 동네 사람들이 달랬다.

"그만 울고 일어나시게. 죽은 아내 생각 말 고, 어린 자식 생각해야지."

"그래요. 이제 청이를 잘 키워야지요."

심 봉사는 겨우겨우 기운을 차려 눈물을

깐깐한 독서 노트

심 봉사가 읊은 제문에서 '저승으로 가는 길은 이승으로 이어지지 않으니'라 는 구절의 속뜻은 무엇일까요?

29쪽 참고

닦았다. 그러고는 자기 일처럼 애를 써준 동네 사람들에게 깍듯이 인사했다.

"참으로 감사합니다. 베풀어 주신 은혜 꼭 갚겠습니다."

그러나 심 봉사는 다시 봉분에 엎어져서 울며불며 부인을 불렀다. 보다 못한 동네 사람들이 심 봉사를 끌다시피 집으로 데려왔다.

하늘이 낸 효녀

심 봉사가 허둥지둥 집에 돌아오니 방은 비어 있고, 부엌은 쓸쓸했다. 빈방에 홀로 앉아 부인을 그리는데, 밖에서 인기척이 났다. 귀덕어멈이 청이를 안고 온 것이다.

"어멈, 참으로 수고 많으셨소."

"딸아이 봐서라도 기운 내시오."

청이를 받아 품에 안으니 눈물보가 또 터지려 했다. 그러나 품 안의 아기가 먼저 응애응애 울어댔다. 심 봉사는 정신을 추스르고 아기를 달랬다.

아가 아가 울지 마라.

네 어미는 먼 데 갔다.

낙양* 동촌 이화정에 숙낭자를 보러 갔다.

너도 너의 어미 잃고 슬픔 겨워 우는 게냐.

울지 마라, 울지 마라.

네가 울면 나도 섦다.

네 팔자가 참으로 좋아 칠 일 만에 어미 잃고

*낙양 : 중국 허난성 서부에 있는 도시. 옛 주나라의 도읍이었다.

강보에 싸여 고생이구나.

울지 마라, 울지 마라.

해당화 범나비야,* 꽃이 진다 서러워 마라.

명년 삼월 돌아오면 그 꽃 다시 피느니라.

우리 아내 가시는 데는 한 번 가면 못 오신다.

해가 져도 부인 생각, 빗소리에도 부인 생각,

짝 잃은 외기러기 먼 바다를 바라보며

뚜루룩 낄국 서럽게도 우는구나.

너도 또한 님 잃고서 님 찾아 가는 게냐.

네 팔자나 내 팔자나 다를 바가 없구나.

아기는 울다 웃다, 웃다 울다 했다. 자는가 싶으면 깨어나고, 노는가 싶으면 칭얼댔다. 심 봉사는 밤새도록 아기와 씨름하다가 꼬박 밤을 새웠다. 눈이 멀어 날 샌 줄을 몰랐는데, 우물가 두레박 소리에 날 밝은 줄 알았다.

심 봉사는 벌컥 방문을 열었다. 그러고는 아기를 안은 채 엉금엉금 밖으로 나갔다.

"우물가에 오신 부인 뉘신 줄은 모르오나, 우리 아기 젖 좀 주오. 칠 일 만에 어미 잃은 가엾은 우리 아기."

"딱하기도 해라. 허나 나는 젖이 나오지 않소. 이 동네에 젖 있는 여인네가 많으니, 찾아가서 달라 하면 아무도 괄시 안 하리다."

아낙의 말을 들은 심 봉사는 아기를 품에 꼭 끌어안았다. 그렇게 지팡이 짚고 더듬더듬 동네로 들어갔다. 아기 있는 집을 물어물어 어느 집에 찾아가니,

밥 익는 냄새가 솔솔 피어올랐다.

"아뢸 말씀 있나이다. 댁네 귀한 아기 먹이고 남은 젖이 있습니까? 어미 잃은 우리 아기 조금만 나눠 주오."

그 집 아낙 밥을 하다 달려나와 목이 메어 말한다.

"고생이 말이 아니오. 아기 안고 어서 이리 오시오."

심 봉사는 동서남북으로 청이를 안고 다니며 젖을 얻어 먹였다. 밭일하는 아낙이나 빨래터의 아낙이나 젖 있는 여인네는 모두 청이를 반겼다.

"봉사님, 어려워 말고 내일도 오고 모레도 오시오. 어린 청이를 우리가 굶기겠소?"

여인들은 이렇듯 따뜻한 말도 덤으로 퍼 주었다.

"우리 동네 부인네들은 참으로 어질고 덕이 많소. 다들 이렇게 좋은 일을 하시오니, 두루두루 복 받고 사시오."

심 봉사는 머리를 조아리며 감사의 뜻을 표했다.

청이는 여인네들 젖으로 키운다지만 심 봉사의 주린 배는 어떡할까. 아기를 맡길 데 없는 심 봉사는 청이가 잠든 사이사이 동냥을 다녔다.

삼베 전대* 두 자루를 왼쪽 어깨 둘러메고
지팡이 더듬더듬 동냥하러 나간다.
가을이면 벼동냥, 여름이면 보리동냥,
사철 없이 동냥하며 한편에 쌀을 넣고 한편에 벼를 둔다.

* 범나비 : 호랑나비를 일상적으로 이르는 말
* 전대 : 돈이나 물건을 넣어 허리에 매거나 어깨에 두르기 편하도록 만든 자루

육장[*]을 다 돌면서 암죽거리[*] 싹 거두고
감을 사고 홍합 사고 허유허유 돌아온다.

날이 가고 달이 가도 심청이는 잔병치레 한 번 없이 무럭무럭 잘 자랐다. 사람들은 심청이가 장차 크게 될 아이라 천지신명이 보살핀다고 생각했다.

어느 틈에 심청은 제 발로 걸을 만큼 훌쩍 자라났다. 그리고 또 부쩍부쩍 자라나서 일곱 살이 되었다. 심 봉사는 눈은 어두워도 학식이 깊은지라 청이에게 글을 가르칠 수 있었다. 성품 또한 바르니 사람의 도리와 예절을 가르치는 데 모자람이 없었다.

심청은 어미를 닮아 얼굴이 어여쁘고, 마음 또한 고왔다. 행동도 재바른 데다 지혜롭기까지 했다. 무엇보다도 효심이 깊었다. 심청은 고사리 같은 손으로 아버지의 진지를 지어 드렸고, 어머니 제사 음식을 손수 차릴 줄도 알았다. 그런 딸을 바라보는 아비의 마음은 흐뭇하면서도 안타까웠다.

'가난은 참으로 무정하다. 저 어리고 약한 것이 장차 무엇을 의지하고 살까.'

하루는 심청이 아버지 앞에 쪼르르 달려오더니, 단정하게 꿇어앉았다.

"아버지, 제 말 좀 들어 주세요."

심 봉사 그런 심청이 귀엽기도 하고 의아하기도 하다.

"그래, 말해 보아라."

"이제부터 아버지는 집에 계세요. 소녀가 밥을 빌어 아침저녁 근심을 덜어 드릴게요."

---

*육장 : 한 달에 여섯 번 서는 장
*암죽거리 : 암죽을 만들 재료. 암죽은 곡식이나 밤의 가루로 묽게 쑨 죽으로 아기에게 젖 대신 먹인다.

"그런 말 다시 입에 담지 마라. 세상 어느 부모가 어린 자식을 길거리로 내모느냐."

"아버지, 말 못하는 까마귀도 해 저물면 먹이를 물어다가 제 어미를 먹일 줄 아는데, 하물며 사람인 제가 짐승인 까마귀만도 못 하면 되겠어요? 하여 이제부터는 제가 동냥을 다닐 테니, 아버지는 집에서 편히 쉬세요."

심 봉사는 어린 딸이 기특하여 허허 웃었다.

"네 말만 들어도 배부르구나. 허나 어린 너를 내보내고 앉아서 받아먹는 내 마음이 어찌 편하겠느냐. 내 너의 효심은 충분히 알겠으니, 이제 그만 하여라."

"아버지, 맹종은 엄동설한에도 죽순을 얻어 부모를 봉양했대요. 자로는 흉년이 들어 부모가 배를 곯을 때 겨우 구한 쌀을 등에 지고 백 리 길을 걸어갔고요. 옛사람들의 효성만 못 하겠지만 저도 지성으로 아버지를 봉양하고 싶습니다. 눈 어두운데 다니시다 다칠까 봐 걱정되고, 비바람과 눈서리에 병나실까 애가 탑니다."

심 봉사는 딸의 의지가 워낙 단단하여 마지못해 반허락을 하였다.

"내 딸이 참말 효녀로다. 말리고 싶지마는 네 뜻이 정 그러하다면 한번 해 보려무나."

똑똑한 지식 사전

맹종 중국 오나라 때 살았던 효자. 겨울에 늙은 어머니가 죽순을 먹고 싶어 했지만 아직 죽순이 나오지 않을 때라 맹종은 애만 태웠다. 그래서 대숲에 들어가서 슬피 울었더니, 땅 속에서 죽순이 솟아났다고 한다.

자로 중국 노나라 때 사람으로 공자의 제자다. 용맹한 데다 효성까지 깊었다. 자로가 쌀을 지고 백 리 길을 걸어가 부모를 봉양한 일화에서 '백리부미(百里負米)'라는 고사성어가 생겨났다.

심청은 그날부터 밥을 빌러 다녔다. 뒤축 닳은 신발, 버선 없는 맨발에도 심청은 풀죽지 않았다. 그러나 이 집 저 집 다닐 적에 먼 산에 해 비치고 집집마다 밥 짓는 연기 피어오르니, 심청의 모습 가련하기 그지없었다.

"어머니 이 세상 등지시고, 눈 어두운 아버지 봉양할 길 없습니다. 먹다 남은 밥 한 술만 나눠 주십시오."

동네 사람들은 인심 좋게 심청의 빈 바가지에 밥이며 김치를 담아 주었다.

"아가, 들어와서 먹고 가거라."

때때로 밥을 먹고 가라는 친절을 베푸는 이도 있었다. 그러면 심청은 이렇게 대꾸했다.

"추운 방에서 늙은 아버지 나 오기만 기다리고 계시니, 혼자 밥을 넘길 수가 없습니다."

심청의 말을 들은 사람은 이 효심에 감동하여 밥 한 술을 더 떠주곤 했다.

어느 날 심청은 한 바가지 가득 밥을 얻어 집으로 돌아왔다.

"아버지, 몹시 시장하시지요. 여러 집을 다니다 보니 늦었어요."

"아이고 우리 딸, 이제 왔느냐?"

심 봉사는 심청의 손을 덥석 잡았다.

"손이 차구나. 화로에 불 쬐어라."

그러면서 딸의 언 손을 입으로 후후 불어 주었다. 심 봉사의 눈에 눈물이 소록소록 고였다.

"목구멍이 포도청이라고, 몹쓸 애비가 어린 자식 고생만 시키는구나."

"아버지, 서러워 마세요. 자식은 부모 봉양하고, 부모는 자식의 효도 받는 것이 하늘 아래 당연한 일이거늘. 저는 아버지를 봉양할 수 있어 기쁘기만 합니다."

"아이고, 우리 딸 효성이 참으로 갸륵하구나."

심청은 춘하추동* 할 것 없이 부지런히 동냥하여 아버지를 봉양했다. 계절이 여러 번 바뀌면서 심청도 한 살 두 살 나이를 먹었다. 바느질도 늘어 어엿하게 삯바느질로 돈도 벌게 되었다. 꼼꼼한 솜씨 덕분에 삯바느질 일거리는 점점 늘어났고, 덕분에 동냥 다니는 날은 조금씩 줄어들었다.

그렇게 세월이 흘러 심청은 열다섯 아리따운 처녀가 되었다.

아랫마을 윗마을에 심청의 소문이 자자했다. 얼굴 곱고 맘씨 곱고 효심까지 깊으니, 심청을 칭찬하지 않는 사람이 없었다. 사람들은 심청을 여인 중의 군자요, 꽃 중의 꽃이요, 새 중의 봉황이라 일컬었다. 문필도 뛰어나고 재질 또한 비범하니, 잘 맞는 옷처럼 딱 어울리는 표현이었다.

심청의 소문이 무릉촌에 사는 장 승상* 부인의 귀에까지 들어갔다. 어느 날 장 승상 부인의 시비가 심청의 집에 찾아왔다. 시비는 심청에게 장 승상 부인이 만나고 싶어 한다는 말을 전했다. 심청은 그 말을 아버지에게 아뢰었다.

"아버지, 무릉촌의 장 승상 부인께서 저를 보자 하시네요. 부인의 시비를 따라 다녀와야 할까요?"

"일부러 부르신다니, 아니 가 뵈올 수는 없겠구나. 가 보아라. 그 부인이 일국 재상의 부인이니 몸가짐을 조심하여라."

"아버지, 소녀가 돌아오는 것이 더디면 먼저 진지 드세요. 시장함을 참지

*춘하추동 : 봄, 여름, 가을, 겨울 네 계절
*승상 : 옛 중국의 벼슬. 우리나라의 정승에 해당한다.
*시비 : 곁에서 시중을 드는 여자 종

마시구요. 진지를 차려 드리고 가겠습니다."

"걱정 말고 어서 다녀오너라."

심청은 아버지께 인사 올리고 시비를 따라나섰다.

시비 따라 건너갈 제 무릉촌에 당도하니,

집집마다 길목마다 버들가지 흐드러졌다.

승상 문전 당도하여 대문 안을 들어서니,

좌편은 청송*이요, 우편은 녹죽*이라.

담장 안의 큰 소나무 동쪽 바람 건듯 불자

늙은 용이 굽이치듯 푸른 가지 흔든다.

뜰 안의 두루미는 사람 자취 놀라 깨어

지르르르 징검 징검 기이하게 울어댄다.

중문 안을 들어서니 가세도 웅장하고 문창*도 화려하다.

반백이신 승상 부인 심청 보고 반겨 웃네

"네 과연 심청이냐! 듣던 대로 참하구나!"

장 승상 부인은 반가운 나머지 심청의 손을 덥석 잡았다. 그러고는 손을 잡은 채 방으로 데리고 들어갔다.

심청은 부인 앞에 다소곳이 앉았다. 부인은 심청을 곰곰이 뜯어보았다. 앉아

*청송 : 푸른 소나무
*녹죽 : 푸른 대나무
*문창 : 문과 창을 아울러 이르는 말
*황성 : 황제가 사는, 나라의 수도

있는 모습이 사람 보고 놀란 제비 같았다. 얼굴은 꾸미지 않았어도 꽃처럼 예뻤다. 눈은 새벽비 갠 하늘처럼 맑았고, 눈썹은 초승달처럼 고왔다.

"너는 전생에 선녀였음이 분명하다. 달에서 놀던 선녀가 도화동에 내려왔으니, 선녀들은 벗 하나를 잃었겠구나. 네가 이곳에 오니 무릉촌에 봄이 온 것 같다!"

부인은 입이 마르도록 심청을 칭찬했다. 심청은 부끄러워 가만히 고개만 숙였다.

"청아, 내 말 새겨들어라."

"말씀하십시오, 승상 부인."

"내가 너를 부른 까닭은……."

부인은 침을 한 번 꼴깍 삼키고 말을 이었다.

"승상께서 일찍 세상 떠나시고, 아들 셋이 있으나 황성*에서 나랏일을 하고 있으니, 곁에 아무도 없는 것이나 다름없구나. 손자 보는 즐거움도 없고……. 이 촛불, 자나깨나 빈방에서 촛불만 보며 살고 있다. 길고 긴 겨울밤에는 책에 묻혀 살고 있고. 내 신세가 이러하니, 네가 수양딸이 되어 줄 수 없겠느냐?"

"저를 어여삐 여겨 주시니 몸 둘 바를 모르겠

깐깐한 독서 노트

승상 부인은 심청의 외모에 어떤 느낌을 받았나요?

38~39쪽 참고

39

습니다. 하오나 저 낳은 지 칠 일 만에 어머니가 세상 버리시고, 앞 못 보는 아버지가 젖동냥하여 저를 길러 주셨습니다. 제가 존귀하신 승상 부인 댁에 오게 되면 제 한 몸은 호강하겠으나, 저희 아버지는 누가 돌봅니까. 진지와 음식은 어느 누가 챙겨드리겠습니까. 승상 부인 뵙고 어머니를 다시 뵌 듯 기쁘지만 그 말씀은 거두어 주십시오. 저는 아버지 슬하를 잠시라도 떠날 수 없습니다."

부인은 심청의 말을 듣고 눈을 지그시 감았다. 이윽고 눈을 뜬 부인이 인자하게 웃으며 말했다.

"과연 너는 하늘이 낸 효녀로구나! 이 늙은이가 욕심에 눈이 어두워 생각이 짧았다."

"부인의 지극하신 마음은 감사히 받겠습니다."

"내 마음을 헤아려 주니, 오히려 내가 고맙구나."

"부인 덕택에 즐거이 놀았습니다. 곧 해가 저무니, 저는 제 집으로 돌아가겠습니다."

부인은 비단과 패물을 듬뿍 안겨 주었다. 또 하인을 시켜 양식을 후하게 주라고 시켰다.

"청아, 너와 나는 앞으로 어미와 딸처럼 정을 나누며 지내도록 하자."

"부인의 뜻을 감사히 받들겠습니다."

심청은 공손히 인사 올리고 돌아섰다.

그 무렵 심 봉사는 이제나저제나 딸이 오기만을 기다리고 있었다. 늘 말벗이 되어 주던 딸 없이 혼자 앉아 있으니 외롭기 짝이 없었다. 배는 고파 등에 붙고 방은 추워 얼어버릴 지경이었지만, 딸에 대한 그리움으로 견디고 있었다.

"날이 저무는데, 우리 딸 청이는 언제 올꼬. 승상 부인이 붙잡고서 아니 놓아주나?"

심 봉사는 새만 푸드득 날아가도,

"청이 너 오느냐?"

낙엽만 바스락거려도,

"내 딸 청이냐?"

하며 안절부절못했다.

아무리 기다려도 문 밖에서 기척조차 나지 않자 심 봉사는 가슴이 갑갑했다.

"이 애에게 무슨 일이 났나? 애고, 더는 앉아 있지 못하겠다."

심 봉사는 지팡이를 짚고 사립문을 나섰다. 마음은 불이 난 듯 급한데, 몸은 더듬더듬 답답하게 나아갔다. 그러다 발이 삐끗하며 몸이 휘우뚱 기울었다.

"어, 어……!"

풍덩, 심 봉사의 몸이 개천으로 떨어졌다.

"어푸, 어푸! 사람 살려!"

나오려면 더 빠지고, 허우적대면 미끄러지고, 어느새 개천물은 심 봉사의 턱까지 차올랐다. 출렁출렁 물소리만 요란하게 울렸다.

"하이고, 사람 죽소! 아무도 없소!"

때마침 몽운사 화주승*이 근처를 지나고 있었다. 낡은 절을 새로 지으려고 마을에 시주 받으러 내려왔다가 절로 돌아가던 길이었다.

중 하나 올라간다, 중 올라간다.

장삼[*]에다 홍띠 두르고 목에는 염주 걸고,

죽장[*]의 쇠고리는 철철 처절철.

몽운사 화주승이 시주하러 내려왔다 절 찾아 올라간다.

청산은 캄캄하고 흰 달은 떠오르는데

좁은 길로 흔들흔들, 흐어 으아아 염불 외며 올라간다.

흐어 으아아, 이리 기웃 저리 기웃 정신없이 올라갈 제

어디선가 슬픈 울음 귀에 언뜻 들리거늘

이 울음소리 웬 울음이냐, 울음소리 맹랑하다.

여우가 변환하여 나를 홀리는 울음이냐,

이 울음이 웬 울음이냐.

한곳에 당도하니 어떤 사람이 개천물에 뚝 떨어져

어푸어푸 거의 죽게 생겼구나.

화주승은 깜짝 놀라 죽장과 바랑[*]을 바위 위에 던져 두고, 장삼과 삿갓도 훨훨 벗어 던지고, 바짓단을 둘둘 말아 바짝 걷어 올리고 차가운 개천물로 징검징검 들어갔다. 그러고는 심 봉사의 상투를 덥석 잡고 이어차, 우렁찬 기합을 내지르며 심 봉사를 건져 올렸다.

"아니, 이거 심 봉사 아니오!"

*화주승 : 시주를 받아 절에 양식을 대는 승려
*장삼 : 승려의 웃옷. 길이가 길고, 품과 소매를 넓게 만든다.
*죽장 : 대나무 지팡이
*바랑 : 승려가 등에 지고 다니는 자루 모양의 큰 주머니

"날 살린 이 뉘시오?"

"몽운사 화주승이오. 전에 시주하러 내려왔다 뵌 적이 있소."

"내가 사람 살리는 부처님을 만났구려! 죽을 사람 살려 준 은혜 죽어도 잊지 않겠소."

화주승은 심 봉사의 손을 잡고 집까지 데려다주었다. 그러고는 마른 옷으로 갈아입힌 뒤 물에 빠진 사연을 물었다. 심 봉사는 신세 한탄을 하며 앞뒤 사정을 주절주절 늘어놓았다.

긴 사연을 다 들은 화주승이 안쓰러워하며 말했다.

"눈을 뜰 수 있는 방법이 하나 있사오만……."

"그 말이 참말이오?"

"우리 절 부처님이 영험하셔서 빌어 아니 되는 일이 없고, 구하면 아니 주시는 것이 없소이다. 부처님께 공양미 삼백 석을 시주하고 지성으로 빌면 생전에 눈을 떠서 천지만물을 볼 수 있을 것이오."

심 봉사는 눈 뜬다는 말이 반가워서 자신의 처지를 잊고 서둘러 말했다.

"여보시오, 대사! 권선문*에 내 이름과 공양미 삼백 석을 적어 주시오."

화주승이 허허 웃으며 대답했다.

"권선문에 적는 것은 어렵지 않으나, 댁의 가세를 보아 하니 공양미 삼백 석을 마련하기는 어려울 것 같소. 부처님과의 약속을 어기면 화를 입을 수도 있소이다."

그 말에 심 봉사는 벌컥 화가 치밀었다.

"사람을 그리 몰라보시오! 어떤 실없는 놈이 부처님 앞에 빈말을 하겠소.

*권선문 : 신자들에게 보시를 청하는 글

화주승은 심 봉사에게 어떻게
하면 눈을 뜰 수 있다고 했나요?

45쪽 참고

그랬다간 눈도 못 뜨고 앉은뱅이 되지! 사람
업신여기지 말고 당장 적으시오."

화주승이 또 허허 웃고 권선문을 펼쳤다.

"그렇다면 제일 윗줄에 큼지막하게 써 주
리라. '심학규 쌀 삼백 석'."

"똑바로 적었소?"

"여부가 있겠소."

화주승이 돌아가자 심 봉사는 퍼뜩 정신이
들었다. 쌀 삼백 석을 마련할 일이 아득했다.

"복을 빌려다가 도리어 벌을 받겠구나. 장
차 이를 어찌한단 말인가!"

걱정근심이 불같이 일어났다. 어리석은 자
신의 행동을 생각하니 피가 거꾸로 솟을 지
경이었다.

"서러워라, 이내 팔자. 눈이 멀어 해와 달
을 분간 못하더니, 마음까지 멀어 한치 앞도
보지 못하는구나. 우리 부인 살았으면 아침
저녁 아무 근심 없을 터인데, 다 큰 딸자식
고생시켜 입에 풀칠하는 처지에 공양미 삼백
석이 웬 말이냐. 권선문에 적을 때는 호기를
부렸으나, 이제는 한숨만 나오는구나. 집이
라도 팔자 한들 비바람도 못 가리는 집 어느

누가 사겠는가. 내 몸을 팔자 한들 눈 못 보는 장님을 어느 누가 반길까. 애고 애고 설운지고."

심 봉사는 눈물을 펑펑 쏟으며 신세를 한탄했다. 그때 심청이 장 승상 부인 댁에서 돌아왔다. 심청은 펄쩍 뛰며 아버지에게 달려들었다.

"아이고 아버지, 이게 웬일입니까? 저를 마중 나왔다가 이런 욕을 당하셨나 요? 벗으신 의복이 흠뻑 젖어 있으니, 물에 빠져 욕보셨나요? 아버지, 얼마나 추우셨어요. 얼마나 분하셨어요."

"아니다. 별일 아니니 걱정 말아라."

걱정 말라는 심 봉사의 목소리엔 울음이 잔뜩 어려 있었다.

"시장하시죠? 곧 진지 지어 올릴게요."

심청은 얼른 불을 피우고, 따끈한 밥을 지어 아버지 앞에 올렸다.

"아버지, 진지 잡수세요. 국이 뜨뜻하니 드시면 몸이 녹을 거예요."

심 봉사가 밥맛이 있을 리 없었다. 심 봉사는 수저를 든 채 고개를 푹 떨구 고만 있었다.

"아버지, 어디 편찮으세요? 왜 안 드세요?"

"밥상 물리거라. 생각이 없구나."

"제가 더디 온 게 괘씸해서 그러시는 거예요?"

"아니다. 그럴 리가 있겠느냐."

"그럼 무슨 근심이라도……."

"네가 알 바 아니다."

"아버지, 그게 무슨 말씀이에요? 아버지와 저는 작은 일조차 숨김없이 의논 하며 살았는데, 갑자기 내 알 바 아니라고 하시다니……. 아버지만 바라보고

사는 소녀 비록 불효하지만, 그렇게 말씀하시니 서글픕니다."

심청이 훌쩍훌쩍 울었다.

"아가 아가, 울지 마라. 너 같은 효녀가 세상천지에 어디 있다고……."

심 봉사는 가슴을 탕탕 치며 말을 이었다.

"아가, 실은 내가 문 밖으로 너를 마중 나갔다가 개천물에 빠지고 말았다. 몽운사 화주승이 날 꺼내 주어 겨우 목숨을 건졌지. 화주승이 어찌 된 사정인지 물어보기에 미주알고주알 내 신세를 늘어놓았다. 그랬더니 그 화주승 하는 말이, 몽운사 부처님께 공양미 삼백 석을 시주하면 눈을 뜰 수 있다는구나. 내가 그 말에 홀려 앞날은 생각지도 않고 덜컥 권선문에 이름을 올렸구나. 뒤늦게 땅을 치고 후회했지만 이미 저지른 일, 대체 공양미 삼백 석을 어떻게 구한단 말이냐."

뜻밖에도 심청의 얼굴이 활짝 펴졌다.

"후회하시면 정성을 들여도 이루어지지 않아요. 아버지, 염려 말고 진지 드세요. 제가 아무쪼록 쌀 삼백 석을 마련해 볼게요."

"마음 쓰지 마라. 우리 형편을 뻔히 아는데."

"아버지, 진나라 사람 왕상은 겨울에 생선을 찾는 어머니를 위해 얼음을 깨고 잉어를 얻었습니다. 지성이면 감천이라 했으니, 쌀 삼백 석을 구할 길이 있을 거예요. 아무 걱정 마세요."

심청은 오히려 아버지를 따뜻하게 위로했다.

그날 밤, 심청은 뒤뜰에 흙으로 단을 쌓았다. 단 주위를 금줄*을 쳐 두른 뒤 정화수 한 동이를 소반에 받쳐 올려놓았다. 그러고는 공손히 무릎 꿇고 앉아 북두칠성을 바라보며 기도했다.

"비나이다, 비나이다. 일월성신*께 비나이다. 땅신, 산신, 서낭신*께 비나이다. 하느님, 부처님, 보살님 부디 굽어살피소서. 소녀의 아버지 스무 살에 눈이 멀어 천지만물 보지 못합니다. 아비의 허물일랑 제 몸으로 대신하게 하시고, 번쩍 눈을 뜨게 하옵소서."

심청은 밤낮으로 빌고 또 빌었다.

*금줄 : 부정한 것의 침범이나 접근을 막기 위하여 문이나 길 어귀에 건너지르거나 신성한 대상물에 매는 새끼줄. 아이를 낳았을 때, 장 담글 때, 잡병을 쫓고자 할 때, 신성한 영역을 표시하고자 할 때 사용한다. 금줄을 친 곳은 사람이 함부로 드나들지 못한다.
*일월성신 : 해와 달과 별을 통틀어 이르는 말
*서낭신 : 토지와 마을을 지켜 주는 신. 서낭신을 모시는 곳이 서낭당이다.

인당수에 빠지다

어느 날, 귀덕어멈이 심청의 집에 찾아왔다.

"참 이상한 일을 다 봤네."

"아주머니, 무엇이 이상하다는 건가요?"

"어떤 놈들인지 십여 명씩 몰려다니며 열다섯 살 난 처녀를 산다고 하네. 값은 부르는 대로 준다고. 허 참, 세상에 그런 헛소리를 하는 놈들이 있어."

심청은 그 말에 귀가 솔깃했다.

"그 말이 참말이에요? 그럼 무리 중에서 지긋하고 점잖은 사람을 한 명 불러 줄 수 있으신지요. 말이 새지 않게 조용히 데려와 주세요."

"청이 네가 무슨 일 때문에?"

"나중에 말씀드릴게요."

얼마 뒤 귀덕어멈이 한 사내를 데려왔다. 청이가 귀덕어멈을 돌려보낸 뒤 사내에게 조심스럽게 물었다.

"열다섯 살 난 처녀를 구하신다던데, 그 까닭을 말씀해 주실 수 있으신지요?"

사내가 대답했다.

"우리는 남경* 에서 장사하는 뱃사람들이오. 조만간 배 갈 길에 인당수라는 물을 건너야 하는데, 그곳이 하도 물살이 세고 변덕스러워서 자칫 몰살을 당할 수

*남경 : 중국 장쑤성의 도읍. 오나라, 송나라, 양나라 등의 도읍이었다.

있소. 하여 십오 세 처녀를 제물로 바쳐 바다를 무사히 건너려고 하오. 또한 그리하면 장사도 크게 흥할 수 있으니, 몸을 팔 처녀가 있으면 값을 아끼지 않고 주려 하오."

심청이 곰곰 생각하다 입을 열었다.

"우리 아버지 눈이 어두운 게 평생에 한이었는데, 몽운사 화주승이 공양미 삼백 석을 부처님께 바치면 눈을 뜰 수 있다 하였어요. 하오나 가난한 살림에 구할 길이 없어 내 몸을 팔고자 하니, 나를 사십시오. 내 나이 열다섯입니다."

뱃사람은 심청의 말을 듣고 감동하여 고개를 푹 숙였다. 한참을 그러고 있다가 마침내 입을 열었다.

"낭자의 효성이 장하고 갸륵하오. 낭자의 뜻대로 하리다."

"배 뜨는 날은 언제입니까?"

"오는 보름날이오."

"내 차질 없이 준비할 테니, 몽운사로 꼭 쌀 삼백 석을 보내 주십시오."

"걱정 마시오. 무리에게 돌아가서 바로 보내리다."

남경에서 장사하는 뱃사람들이 열다섯 살 난 처녀를 구하는 까닭은 무엇인가요?

50~51쪽 참고

뱃사람과 헤어지고 심청은 집 안으로 들어갔다. 그러고는 아버지 앞에 무릎 꿇고 앉았다.

"아버지."

"왜 그러느냐, 청아."

"몽운사에 공양미 삼백 석을 올렸습니다."

"그게 무슨 소리냐?"

심청은 잠깐 망설이다 대답했다.

"전에 무릉촌 장 승상 부인께서 저를 수양딸 삼고 싶다 하셨어요. 제가 아버지를 모셔야 하니 뜻을 거두어 달라고 했지요. 하오나 이번에 그 뜻을 받들겠다고 했습니다. 아버지의 사정을 말씀드렸더니, 흔쾌히 쌀 삼백 석을 마련해 몽운사에 보내 주셨어요."

"애고, 결국 쌀 삼백 석에 너를 수양딸로 보내게 되었구나. 못난 애비 때문에……. 허나 네 앞날을 생각하면 그게 나을지도 모르겠다. 그래서 언제 널 데려가신다더냐?"

"다음 달 보름날 데려간다 하셨어요."

"이렇게 고마울 데가! 네가 게 가서 살더라도 나도 눈뜨면 예서 살기 괜찮을 게다. 어허, 참으로 잘되었다!"

심청은 거짓말을 하는 것이 가슴 아프고, 아버지께 죄송스러웠다.

그날부터 심청의 가슴은 폭폭 곪아갔다. 아버지와 영영 헤어질 일, 꽃다운 나이에 세상을 등져야 할 일을 생각하면 한없이 아득하였다. 먹을 수도, 마실 수도 없었다.

하지만 이미 엉클어진 그물이요, 쏘아 버린 화살이었다. 심청은 마음을 굳게 다잡았다.

'내가 죽으면 춘하추동 아버지 옷은 누가 챙길까. 살아 있을 때 옷을 지어드려야겠다.'

심청은 사철 옷을 정성껏 지어 보자기에 꼭꼭 싸서 농에 넣었다. 갓과 망건[*]도 새것으로 장만해서 벽에 걸어 놓았다. 그렇게 바지런히 준비를 하다 보니, 어느새 떠날 날이 하루 앞으로 다가왔다.

밤이 깊자 아버지는 먼저 잠들었다. 심청은 아버지 버선 한 켤레라도 더 지어 놓으려고 바늘을 들었다. 그러자 하염없이 눈물이 흘렀다. 오늘따라 촛불이 희미하게만 느껴졌다.

심청은 곤히 잠든 아버지 얼굴에 자기 얼굴을 가만히 대어 보고, 아버지의 손발도 찬찬히 만져 보았다.

아버지는 잠이 들어 아무것도 모르는구나.

잠이 깰까 염려되어 크게 울지 못하고 속으로만 흐느끼네.

아이고 아버지!

나 볼 날이 몇 날이며, 나 볼 밤이 몇 밤일까.

제가 철든 후에 밥 빌기를 놓으셨는데,

내일부터 동네 걸인 될 것이니 아버지를 어찌할꼬.

내일 아침 돋는 해를 부상[*]에다 매었으면

*망건 : 상투를 튼 사람이 머리카락을 걷어 올려 흘러내리지 않도록 머리에 두르는 그물처럼 생긴 물건
*부상 : 해가 뜨는 동쪽 바다 속에서 자란다는 상상의 나무

하늘같은 우리 아버지 한 번 더 보련마는
밤이 가고 해 돋는 일 그 누가 막을손가.

날이 새면 다시 못 볼 아버지를 생각하니, 가슴이 칼로 도려낸 듯 아파왔다. 심청이 서럽게 우는데, 꼬끼오 닭이 울었다.

닭아 닭아, 울지 마라.
네가 울면 날이 새고, 날이 새면 나 죽는다.
나 죽기는 서럽지 않으나,
의지할 데 없는 우리 부친 어찌하란 말이냐.

눈물은 닦아도 닦아도 자꾸만 흘러내렸다. 하지만 무정하게도 동쪽 하늘에서는 발갛게 해가 솟아올랐다. 심청은 혀끝을 꼭 깨문 채 아버지 아침진지를 지으려고 방을 나섰다. 그런데 사립문 밖에서 인기척이 났다. 뱃사람들이 벌써 와서 서성거리고 있었다.

전에 만났던 점잖은 사내가 주저하며 말했다.

"오늘 배 떠나는 날이니, 쉬이 갔으면 하오."

그 말을 듣자 심청은 목이 콱 메고 눈물이 핑 돌았다. 심청은 가까스로 사립문 밖으로 나가 뱃사람들에게 말했다.

"여보시오, 선인*네들. 오늘 배 떠나는 줄은 내가 잘 알고 있소. 허나 아버지는 아직 모르고 계시오. 잠깐 기다려 주시겠소? 불쌍하신 아버지께 마지막 진지 올

*선인 : 뱃사람

려 드리고, 진지 다 드시면 말씀 아뢰고 떠나게 해 주시오."

"처녀의 사정이 그러하면, 기다리겠소. 우리가 비록 돈만 아는 장사치이나, 그리 야박한 사람들은 아니외다."

"고맙소."

심청은 눈물로 지은 밥을 아버지께 올렸다.

"아버지, 진지 많이 잡수세요."

"오냐, 많이 먹으마."

심청은 자반을 뚝뚝 떼어 아버지 수저에 올려 드리고, 쌈도 싸서 입에 넣어 드렸다.

"오늘은 맛난 반찬이 많구나. 뉘 집에서 잔치라도 했느냐?"

그 말에 심청은 울음이 울컥 차올랐지만, 속으로만 훌쩍훌쩍 울었다. 그래도 울음이 입 밖으로 새어 나왔는지 심 봉사가 귀를 쫑긋 세우며 물었다.

"아가, 어디 아프냐? 고뿔이라도 들었느냐?"

"아닙니다, 아버지."

"그래. 괜찮다면 다행이고. 그런데 청아, 내가 간밤에 꿈을 꾸었단다. 네가 큰 수레를 타고 어디론가 한없이 가더구나. 수레는 귀한 사람이 타는 것인데, 아마도 오늘 무릉촌 승상 댁에서 널 가마에 태워 가려나 보다."

심청이 저 죽을 꿈인 줄 알면서도 반색하며 대꾸했다.

"참 길한 꿈이네요."

"아무렴 그렇다마다. 이게 다 하늘이 네게 내린 복이다."

심 봉사는 기분이 좋아 껄껄 웃었다. 심청은 아버지의 웃음을 뒤로하며 진지 상을 물렸다. 방을 나오자 참았던 눈물보가 툭 터지고 말았다.

심청이 아버지를 속인 일은
무엇인가요?

56쪽 참고

심청은 세수를 정갈히 하여 눈물 자국을 지 웠다. 그러고는 깨끗한 옷으로 갈아입고 조용 히 뒤뜰로 갔다. 흙으로 쌓아 둔 단에 술과 과 일을 단출하게 올려놓고 큰절을 올렸다.

"불효 여식 심청은 아비 눈을 뜨게 하려고 인당수에 제물로 팔려 갑니다. 소녀가 죽더라 도 부디 아비를 지켜 주시옵소서."

설움이 와락 밀려왔다. 이 단에 올린 술과 과일을 거둘 사람도 없다고 생각하니, 아버지 가 너무도 가여워졌다. 심청은 몸을 일으켜 우루루 달려가 아버지 앞에 철썩 주저앉았다.

"아버지!"

심청이 기절하여 풀썩 쓰러지니, 심 봉사가 기겁을 했다.

"아가, 웬일이냐? 봉사의 딸이라고 누가 괄 시하더냐?"

겨우 정신이 든 심청이 입을 열었다.

"아버지, 제가 아버지를 속였어요. 공양미 삼백 석을 누가 제게 주겠어요. 남경 가는 뱃 사람들이 인당수에 바칠 제물이 필요하다기 에 쌀 삼백 석에 몸을 팔았습니다. 오늘이 배 떠나는 날이라 이제 가야 합니다."

"이게 웬 말이냐? 애고, 참말이냐? 한마디 의논 없이 네 마음대로 했단 말이냐? 네가 살고 내 눈 떠야지, 네가 죽고 내 눈 뜨는 건 못할 짓이다. 이 집 저 집 다니면서 동냥젖으로 널 키웠는데, 이게 웬 날벼락이냐. 눈을 팔아 너를 사지, 너를 팔아 눈을 뜨랴. 못 간다, 청아!"

"아이고, 아버지!"

심 봉사는 방문을 벌컥 열어젖히고 우당탕 뛰어나갔다. 자빠지고 엎어져도 악을 쓰며 달려갔다.

"이 더러운 뱃놈들아! 장사가 좋다한들 사람 사다 제물로 쓰는 법이 어디 있느냐? 생사람 죽이고서 잘될 성싶으냐? 철없는 어린 딸을 나 모르게 꾀다니, 차라리 날 죽여라. 사람 죽여 빌 양이면 내가 대신하자. 무지한 도적놈들아!"

심청이 달려나와 아버지를 붙들었다.

"아버지, 저 사람들 탓이 아니니 노여워 마세요."

아버지와 딸이 부둥켜안고 엉엉 울었다. 어느새 몰려온 동네 사람들이 그 모습을 보고 눈물을 흘렸다. 뱃사람들도 눈시울을 적셨다.

뱃사람들 중 한 명이 의견을 냈다.

"심 소저*의 효성을 봐서나, 심 봉사의 딱한 사정을 봐서나 우리가 모른 체하면 안 될 것 같소. 심 봉사가 남은 생을 넉넉하게 살 수 있게 우리가 도와줍시다."

"옳은 말이오."

뱃사람들은 심 봉사를 돕기로 뜻을 모았다. 그들은 돈 삼백 냥, 쌀 백 석, 무명과 삼베 각각 한 바리씩을 내놓고 동네 사람들에게 당부했다.

"삼백 냥은 논을 사서 착실한 사람에게 맡겨 주시오. 쌀 열닷 석은 올해 양식

*소저 : '아가씨'를 한문 투로 이르는 말

으로 먹고, 나머지는 꿔 주어서 이자를 받으면 형편이 넉넉해질 것이외다. 무명과 삼베로는 사철 의복을 지어 주시오."

동네 사람들은 잘 의논해서 처리하겠다고 했다. 그러자 뱃사람들은 심청에게 그만 떠나자고 재촉했다. 그때 무릉촌 장 승상 부인의 시비가 황급히 달려왔다. 부인은 심청이 제물로 팔려간다는 소식을 뒤늦게 듣고 시비를 보낸 것이다.

"부인께서 잠깐 들렀다 가라고 하셨어요. 그래서 급히 제가 달려왔습니다."

심청은 뱃사람들에게 조금만 시간을 더 달라고 부탁했다. 뱃사람들은 심청의 부탁을 들어주었다.

장 승상 부인은 문 밖까지 달려나와 심청의 손을 잡았다.

"무정하기는! 나는 너를 자식으로 여겼는데, 너는 나를 잊은 게냐. 아버지 눈을 뜨게 하려고 목숨을 버린다고? 효성은 지극하나 안 될 일이다. 아이고, 왜 나한테 진작 말하지 않았느냐? 내가 뱃사람들에게 당장 삼백 석을 물어줄 테니, 너는 헛된 마음 먹지 말아라."

부인은 글썽글썽 눈물을 지었다.

"애당초 말씀드리지 않은 일을 후회한들 무엇 하겠어요. 또 공양미를 어찌 남의 재물로 드릴 수 있겠습니까. 더군다나 이제 와서 삼백 석을 뱃사람들에게 내어준다면, 그들도 낭패를 당하게 됩니다. 약속을 무를 수는 없습니다. 아비 두고 죽는 일이 불효인 줄은 아오나, 하늘의 명이라 여기고 따르렵니다. 부인의 높은 은혜 또한 황천*에 가서도 잊지 않겠습니다."

심청의 태도는 매우 단호해 보였다. 그 모습이 놀라우면서도 애석하게 느껴졌다.

"너는 네 뜻을 굽히지 않을 셈이구나."

부인은 고개를 묻은 채 옷고름을 적셨다.

"다 하늘의 뜻인데, 어찌 거역하겠습니까."

"나는 네가 그리워 못 살 것 같구나. 네 얼굴, 네 자태를 그림으로 그려 볼 수 있게 해다오."

부인은 급히 일등 화공을 불러들여 엄숙하게 분부를 내렸다.

"이보게 화공, 심 소저 얼굴, 체격, 위아래 의복과 수심에 잠겨 있는 표정까지 세세하게 그리게. 잘 그리면 후하게 상을 내리겠네."

화공이 빈 족자에 정성 들여 심청을 그려냈다. 그림 속의 심청은 지금 승상 부인 앞에 앉아 있는 심청의 모습과 똑같았다. 마치 심청이 둘이 된 것 같았다. 부인은 오른손으로 심청의 목을 끌어안고, 왼손으로 족자를 어루만지며 슬피 울었다.

심청이 울먹이며 말했다.

"정녕 부인은 제 어머니와 다름없습니다. 그 마음에 보답하는 뜻으로 제가 시 한 수 지어 올리겠습니다."

*황천 : 저승을 달리 이르는 말

심청은 붓을 들고 자신의 모습이 그려진 족자 위에 곱게 글씨를 썼다.

사람이 죽고 사는 일 하룻밤 꿈 같아라
어찌 정에 끌려 눈물을 뿌릴까
세상에서 가장 애달픈 일은
푸른 풀 돋는 곳에 다시 돌아오지 못함이라

부인은 심청의 시에 감동받고 새 종이에 답시를 지었다.

어두운 밤에 홀연 불어온 비바람은
아름다운 꽃잎을 어느 집 문 앞에 떨어뜨리는가
사람의 괴로움도 다스리는 하늘은
아비와 딸의 굳은 정을 끊는구나

심청과 부인은 눈물로 이별했다. 심청은 부인이 준 시를 품에 고이 간직한 채 뱃사람들에게로 돌아왔다. 심 봉사는 보이지도 않는 딸의 얼굴을 어루만지며 통곡했다.

똑똑한 지식 사전

화공 옛날에 그림을 직업으로 삼은 화가를 가리키는 말이다. 조선 시대에는 그림 그리는 일을 맡아 보는 도화서라는 관청이 있었다. 이곳에 속한 화공들은 궁정 화공들로 '화원'이라 불렸다. 조선 시대 미술은 도화서를 중심으로 발달했다. 궁정에 속하지 않은 민간 화공들은 낮은 신분에 속했다.

"나도 가자, 나도 가. 혼자서는 못 간다. 청아, 죽어도 같이 죽고 살아도 같이 살자. 고기밥이 되더라도 너와 내가 함께 되자."

"아버지, 제가 죽는 것은 불효이나 하늘의 명이니 도리가 없습니다. 이제 불효 여식 심청이는 잊으시고, 눈을 떠서 하늘땅 다시 보고, 어진 아내 새로 만나 아들딸 낳아 행복하게 사십시오."

"애고 애고, 그 말 마라. 처자 있을 팔자면 이런 일이 생기겠느냐. 나 버리고 못 간다."

심청은 동네 사람들에게 아버지를 붙들어 달라고 부탁했다. 몇 사람이 달려들어 가까스로 심 봉사를 떼어냈다.

"여러 부인네들, 또 어르신들. 혈혈단신* 우리 아버지 잘 좀 보살펴 주십시오. 꼭 결초보은*하겠습니다."

심청은 아버지에게 눈길을 거두고 뱃사람들을 따라나섰다. 그 모습을 지켜보는 남자들은 눈물을 삼키고, 여자들은 눈물을 찍었다. 사각사각 심청의 치맛자락이 무심하게 길 위에 끌렸다. 갑자기 밝은 해가 숨어 버리고 어두운 구름이 자욱했다. 빗방울이 뚝뚝 눈물처럼 떨어졌다. 흐드러졌던 꽃이 이울고 초록 나무는 빛을 잃었다. 버드나무 가지에서 꾀꼬리가 구슬프게 울었다.

'저 꾀꼬리는 누구와 이별하였기에 저리 슬피 울어댈까. 내가 너의 깊은 한은 모르겠으나, 너의 마음은 알 듯하다.'

심청이 맘속으로 꾀꼬리를 위로하는데, 이번에는 두견새의 피를 토하는 듯한 울음소리가 들려왔다.

'두견새야, 달 밝은 산은 어디 두고 애끓는 울음 우느냐. 날 보고 가지 마라 가지 마라 우는 게냐. 값을 받고 팔린 몸이 어찌 다시 돌아올 수 있겠느냐.'

한 걸음에 눈물짓고 두 걸음에 뒤돌아보며 걷다 보니 어느새 강어귀에 이르렀다. 뱃사람들은 뱃머리에 널조각을 놓고 심청을 모셔 그 위에 앉혔다. 그러고는 닻 감고 돛을 달고 북을 둥둥 울렸다.

"어기야, 어기야, 어엿차!"

뱃노래는 북소리를 따라 흘러가고, 배는 뱃노래를 따라 흘러갔다. 뱃사람들의 억센 노질에 배는 힘차게 바다 한가운데로 나아갔다.

범피중류* 둥덩 둥덩 떠나간다.
망망한 바다 위에 탕탕한 물결 위에.
흰 갈매기는 붉은 여뀌 드리운 언덕으로 날아들고
북쪽에서 놀던 기러기는 남쪽으로 돌아든다.
낭랑한 물소리는 어부의 피리 소리인가
사람은 안 보이고 물결만 푸르르다.
동남을 바라보니 산들이 첩첩이요,
산 위에 돋은 달은 물 위에도 뜬다.
산골짜기 잔나비 자식 찾는 슬픈 소리에
시인의 눈물은 얼마나 젖었느냐.

몇 날 며칠 배는 쉬지 않고 떠갔다. 어느 밤 심청은 푸른 달을 바라보며 출렁이는 배에 몸을 맡기고 있었다. 그런데 갑자기 향기로운 바람이 불며 쟁그랑

* 혈혈단신 : 의지할 곳이 없는 외로운 홀몸
* 결초보은 : 죽은 뒤에라도 은혜를 잊지 않고 갚음을 이르는 말
* 범피중류 : 판소리 심청가에서, 심청을 실은 배가 망망한 바다를 나아갈 때 주변 풍경과 심청의 심정을 노래한 대목

쟁그랑 노리개 소리가 들려왔다. 그러더니 자하상*을 입은 두 부인이 홀연히 나타났다.

"저기 가는 심 소저야, 네 지극한 효성에 감동하여 너를 찾아왔노라. 요임금, 순임금이 돌아가신 지 수천 년이 흘렀구나. 부디 먼 길 조심하여 다녀오너라."

두 부인은 연기처럼 사라졌다.

"옛날 요임금의 따님으로 순임금과 혼인한 아황, 여영 두 부인인가 보구나. 죽으러 가는 나에게 조심하여 다녀오라니, 참으로 괴이하다."

얼마 뒤 배는 회계산* 부근을 지나게 되었다. 그때 갑자기 풍랑이 일어나며 서늘한 기운이 달려들었다. 동시에 기골이 장대한 사내가 가죽으로 몸을 두른 채 심청의 눈앞에 나타났다.

"저기 가는 심 소저야, 네가 나를 모르리라. 나는 오나라 장수 오자서로다. 나는 모함을 받아 임금으로부터 스스로 목숨을 끊으라는 명을 받았다. 나 죽은 뒤 사람들은 가죽으로 내 몸을 싸서 바다에 버렸지. 이 가죽을 벗겨 줄 사람을 만나지 못한 게 한이로다."

오자서도 연기처럼 사라졌다.

똑똑한 지식 사전

오자서 중국 초나라에서 태어났다. 정치가였던 아버지와 형이 모함을 받아 살해되자 오자서는 복수를 꿈꾸며 달아났다. 이후 송나라와 정나라를 거쳐 오나라에 정착했다. 오자서는 오나라를 강국으로 키우고, 초나라를 함락했다. 그 공으로 왕의 신임을 받았으나, 월나라를 치는 문제로 갈등을 일으켰다. 오자서는 오나라에 화가 미칠 것을 예상하여 자신의 아들을 제나라로 피신시켰다. 이 일은 정적들에게 모함을 받는 계기가 되었다. 결국 오자서는 왕에게 자결하라는 명을 받고 스스로 목숨을 끊었다.

심청이 왜 자꾸 혼백들이 나타나는가 궁금히 여기는데, 이번에는 안색이 어둡고 초췌한 사내가 나타났다.

"나는 초나라 굴원*이오. 우리 임금과 신하들이 진나라에 기대 살아가는 꼴을 참을 수 없어, 곧은 나의 충절을 더럽힐 수 없어 이 물에 와 빠졌소. 심 소저는 효성으로 죽고, 나는 충성으로 죽었으니 참 반갑소. 충효는 한 몸이 아니리까. 소저를 위로하고자 내가 나왔으니, 평안히 가시오."

굴원의 모습도 곧 온데간데없이 사라졌다.

아무래도 잇따라 나타나는 혼백들이 모두 죽음의 징조 같았다. 심청의 입에서 탄식이 터져 나왔다.

"물에서 밤이 몇 밤이며 배에서 날이 몇 날일까. 차라리 빨리 죽는 게 낫겠거늘 뱃사람들이 망을 보니 그러지도 못하는구나. 내 집이 그립고 아버지가 그립다."

심청을 태운 배는 출렁이는 물살을 따라 한없이 떠갈 따름이었다.

갑자기 거센 바람이 불어왔다. 뱃사람들이 돛을 걷고 닻을 내렸다. 그 사이 바다가 출렁출렁 몸을 뒤집었다. 하늘이 어두워지고 집채만 한 파도가 뱃전을 땅땅 때렸다. 닻줄은 뚝, 돛대는 우지끈, 배 위는 순식간에 아수라장이 되었다.

'이곳이 인당수구나!'

심청은 입술을 꼭 깨물고 마음을 다잡았다. 그때 둥둥 북소리가 들려왔다.

*자하상 : 신선들이 입는다는 자줏빛 안개 무늬가 있는 치마
*회계산 : 중국 저장성 사오싱현에 있는 산
*굴원 : 중국 초나라의 시인이자 정치가

뱃사람들이 풍랑에 잔뜩 오그라든 채 고사 지낼 준비를 하고 있었다. 밥 지으랴, 소 잡으랴, 술동이 옮기랴 정신없이 뛰어다니고 있었다.

우여곡절 끝에 고사상이 차려지자 뱃사람들은 심청을 정갈히 목욕시키고 깨끗한 흰 옷으로 갈아입혔다.

뱃사람들은 심청을 뱃머리에 앉혔다. 그러자 도사공*이 둥둥 두리둥둥 북을 울리며 고사의 시작을 알렸다. 그러고는 엄숙하게 제문을 읽었다.

"저희 동무 스물네 사람은 열다섯 무렵에 배를 타서 물결 따라 떠다니며 장사를 해 왔습니다. 이제 황주 도화동에 사는 십오 세 처녀 심청을 제수로 바치옵니다. 사해용왕*님께서는 기쁘게 받으옵소서. 천 리 만 리 물길 다닐 때에 성난 물은 그릇에 담은 듯 잠잠하게 재워 주소서. 장사도 흥하여 억만금을 얻게 해 주소서. 고수레*!"

둥둥 두리둥둥, 둥둥 두리둥둥.

"심청은 물에 드시오!"

심청이 다소곳이 고개를 들고 성난 바다를 지그시 바라보았다.

"어서 일어나 물에 드시오!"

도사공의 재촉에 심청은 손을 짚고 일어섰다. 그러고는 뱃머리에 우뚝 서서 두 손을 모았다.

"비나이다, 비나이다. 천지신명께 비나이다. 죽는 일은 결코 서럽지 않습니다. 앞 못 보는 우리 아버지 깊은 한을 풀어드리려 제 목숨을 바치오니, 부디 아버

*도사공 : 뱃사공의 우두머리
*사해용왕 : 동서남북의 네 바다 가운데 있다고 하는 용왕
*고수레 : 민간 신앙에서, 산이나 들에서 음식을 먹을 때나 무당이 굿을 할 때, 귀신에게 먼저 바친다는 뜻으로 음식을 조금 떼어 던지는 일

지 어두운 눈을 밝혀 주셔서 천지만물 보게 하소서."

"한시가 급하니 어서 뛰어드시오!"

파도가 더욱 성을 내며 배를 뒤흔들자 뱃사람들이 다급하게 심청을 다그쳤다.

"여보시오, 도화동이 어느 쪽이오. 마지막으로 아버지께 절을 올리게 해 주오."

심청은 뱃사람들이 가리킨 쪽으로 몸을 돌렸다. 그러고는 아버지를 그리며 큰절을 올렸다.

드디어 인당수로 뛰어들기로 결심한 심청은 일어서서 한 발짝 앞으로 나아갔다. 그러나 막상 시커먼 바닷물을 내려다보자 덜컥 겁이 났다. 심청은 부들부들 떨다가 철퍼덕 주저앉고 말았다. 뱃사람들은 그 모습에 탄식을 내뱉으면서도 어서 뛰어들라며 아우성을 쳤다.

심청이 다시 비틀거리며 일어섰다.

"여보시오, 선인네들. 평안히 가시오. 억만금 돈을 벌어 이 물가를 지나거든 나의 혼백 불러내어 위로해 주고, 아버지 소식 좀 전해 주오."

심청은 눈을 질끈 감고,

"아버지 나 죽소. 어서 눈을 뜨소서!"

깐깐한 독서 노트

심청이 인당수에 뛰어들기 직전 뱃사람들에게 남긴 부탁은 무엇인가요?

67쪽 참고

애달프게 외치고는 치마를 폭 뒤집어썼다.

풍덩!

심청의 가녀린 몸이 인당수에 던져졌다. 마치 꽃잎 한 장이 물 위로 떨어진 것 같았다. 조금 뒤 거짓말처럼 바람이 잦아들며 파도가 잠잠해졌다.

"참으로 불쌍하다."

"심 소저는 아까운 처녀네. 부모형제를 잃은 것처럼 마음이 아프구먼."

"우리가 산 게 다 심 소저 덕이네."

뱃사람들은 가슴을 치며 심청의 죽음을 슬퍼했다. 그들이 슬퍼하는 사이 먹구름이 물러가고 파란 하늘이 드러났다.

배는 파란 하늘 아래 꽃잎처럼 유유히 흘러갔다.

어머니의 품

장 승상 부인은 벽에 걸린 족자를 바라보며 심청을 그리워하고 있었다.

'청이는 어찌 되었을까. 가엾은 것……'

한숨을 푹푹 쉬던 부인은 순간 소스라치게 놀랐다. 족자가 검게 변하더니 그림 속 심청의 눈에서 뚝뚝 눈물이 흐르는 게 아닌가!

"청이가 죽었구나!"

부인은 눈물지으며 하염없이 족자를 바라보았다. 그런데 조금 뒤 더 놀라운 일이 일어났다. 족자가 제 빛을 찾아가더니, 심청의 눈물이 마르는 게 아닌가!

"누가 건져 내어 목숨을 살린 것인가? 만 리 밖 소식을 알 길 없으니 참으로 답답하구나."

그날 밤 장 승상 부인은 강가로 나가 흰 모래밭에 제사상을 차려 놓고 심청의 혼을 불러 위로하였다.

"청아, 청아. 안타깝도다, 청아. 너의 부친 어두운 눈을 뜨게 하려고 바다의 혼이 되니, 가련하고 불쌍하구나. 하느님은 어찌 너를 죽게 내버려두며, 귀신은 어이하여 죽는 너를 살리지 못할까. 한 잔 술로나 너를 위로할 뿐이다. 오동나무에 걸린 달은 네 얼굴을 닮았구나. 너는 죽어 모르겠지만 나는 살아 고생이다."

이튿날 부인은 돈을 많이 들여 강가에 망녀대를 세웠다. 이후 틈만 나면 망녀대에 올라 심청을 그렸다.

한편 무남독녀* 심청을 잃은 심 봉사는 모진 목숨 근근이 이어가고 있었다. 그런데 몽운사 부처가 영험이 없는지 도무지 눈이 뜨일 기미가 보이지 않았다.

"아이고, 청아. 내 눈은 아직 캄캄한데 너는 대체 어디 있느냐. 가엾은 내 딸, 청아."

도화동 사람들은 심청을 불쌍히 여겨 망녀대 옆에 따로 비석을 세워 주었다.

눈 어두운 아버지 위해
제 몸 바다에 던져 용궁으로 갔구나
안개 자욱한 바다에 그 장한 마음 떠 있으니
해마다 돋는 풀잎에 깊은 한이 맺히네

비석에 새긴 비문은 강가를 오가는 사람들의 발길을 붙들었다. 마음까지 붙들어, 보고 울지 않는 이가 없었다. 그들은 대개 힘없고 가난한 사람들이었다.

심 봉사는 낮이나 밤이나 강가를 찾아와 비석을 끌어안고 울었다. 사무치게 그리운 딸의 이름을 목 놓아 불렀다. 그러다 혼절하여 비석 앞에 쓰러지기를 밥 먹듯이 했다. 정신이 들면 이 세상처럼 억울하고 고르지 못한 곳이 없다며 탄식하곤 했다.

그러나 심청은 죽지 않고 살아 있었다.

인당수 검푸른 물이 심청의 몸을 집어삼켰을 때 심청은 눈을 감고 죽음을 기다렸다. 그런데 어디선가 향기가 풍겨 오고, 은은한 피리 소리가 들려왔다.

'여기가 바다인가, 염라대왕 계신 곳인가.'

심청이 눈을 뜨자 영롱한 무지개가 떠올랐고, 여덟 명의 아리따운 선녀가 가마를 이끌고 나타났다. 옥황상제가 보낸 백옥 가마였다. 옥황상제는 사해용왕에게 분부하여 심청을 구하도록 미리 손을 써두었던 것이다.

용왕들은 상제의 명을 받들어 자라, 도미, 낙지, 잉어, 날치, 삼치, 갈치, 넙치, 고등어, 명태 등 바다의 군사와 관리들로 하여금 심청을 맞이하게 했다. 선녀들도 가마를 마련하여 심청을 기다리고 있었다.

선녀들이 심청에게 말했다.

"심 소저, 가마에 올라타십시오. 서해용왕이 계신 수정궁으로 모시겠습니다."

"보아 하니 용궁의 가마인 듯한데, 한낱 미천한 신분인 저에게 어찌 타라고 하십니까?"

"저희는 옥황상제의 분부를 받고 온 것입니다. 만일 지체하면 용왕님들도 화를 면치 못하니 어서 타옵소서."

심청은 마지못해 가마에 올랐다. 선녀들이 가마를 메자 물고기 군사들이 곁을 호위했다. 어디선가 나타난 여섯 마리 용도 든든히 가마를 지켰다. 청학을

*무남독녀 : 아들 없는 집안의 외동딸

탄 두 동자는 가마를 앞서가며 바다 속 길을 냈다.

마침내 가마가 수정궁에 다다랐다. 피리, 퉁소, 거문고가 신명나는 소리로 심청을 환영했다.

수정궁의 주춧돌은 백옥이요, 기둥은 호박이었다. 지붕은 물고기 비늘이요, 대들보는 고래뼈였다. 더없이 아름다운 수정궁의 모습에 심청은 별천지에 온 듯 황홀했다.

서해용왕은 심청을 극진히 대접했다. 유리 소반, 옥쟁반, 호박 그릇에 인간 세상에서 볼 수 없는 신선의 음식을 담아 내놓았다. 심청이 그 음식들을 즐기는 동안 선녀들이 곁을 지켰다.

심청은 수정궁에서 편안한 나날을 보냈다. 동서남북 사해의 용왕은 선녀들에게 아침저녁으로 심청을 문안하게 했다. 또한 삼 일마다 한 번씩 작은 잔치, 오 일마다 한 번씩 큰 잔치를 열어 심청을 위로했다. 비단과 값진 보석으로 치장한 옷을 입히기도 했다. 심청은 비록 몸은 편안했지만, 마음은 몹시 불편했다. 홀로 남았을 아버지 걱정에 호의호식*하는 게 즐겁지만은 않았다.

하루는 아침부터 수정궁이 들썩들썩 수선스러웠다. 심청이 궁금하여 시녀에게 그 까닭을 물었다.

"하늘에서 옥진부인이 내려오신답니다. 그분을 맞이할 준비를 하느라 모두 바쁘게 뛰어다니는 것입니다."

"옥진부인이 누구요?"

"귀하디귀하신 분입니다. 직접 뵈면 아실 것이옵니다."

그때 풍악이 온 궁중에 울려 퍼졌다. 시녀가 생긋 웃으며 말했다.

"옥진부인이 오시는 모양입니다."

심청은 주위를 두리번거렸다. 공중에서 오색 구름이 뭉게뭉게 피어오르고 무지개가 어렸다.

영롱한 오색 가마 옥기린*이 싣고 내려오네.

단계화*, 벽도화*를 사면에 벌여 꽂고 오색 가마 내려오네.

청학, 백학 호위하여 수정궁으로 내려오니

용왕도 황급하여 문전에 엎드린다.

천상 선녀 앞에 서고, 용궁 선녀 뒤에 서고

옥진부인 들어와서 심청의 손을 부여잡는데,

"네가 나를 모르리라. 너를 낳은 곽씨로다.

 나는 죽어 귀히 되어 광한전 옥진부인 되었단다."

"어머니!"

심청은 옥진부인 품에 와락 안겼다. 얼마나 그리워하던 어머니인가!

모녀는 서로 부둥켜안은 채 구슬 같은 눈물을 뿌렸다. 심청은 어머니 얼굴에 자기 얼굴을 대어 보고, 손도 만져 보며 어머니를 깊이 느꼈다. 아기처럼 어머니의 젖을 먹어 보고 싶다는 생각마저 들었다.

"보고 싶었어요, 어머니!"

"청아, 내 딸. 어찌 공양미 삼백 석에 몸을 팔아 이곳까지 왔느냐."

*호의호식 : 좋은 옷을 입고 좋은 음식을 먹음
*옥기린 : 옥으로 만든 기린. 기린은 하루에 천 리를 달린다는 말로 신화 속의 동물이다.
*단계화 : 붉은 계수나무의 꽃
*벽도화 : 벽도나무의 꽃. 벽도나무는 신선 세계에서 자라는 복숭아나무다.

"어머니, 소녀 아버지 덕에 이만큼 자랐어요. 어머니 얼굴을 모르는 게 평생 한으로 맺혔었는데, 이제 그 한을 풀었습니다. 하오나 아버지를 생각하니 마음이 아픕니다. 어머니와 저는 이렇게 만나 기쁜데, 아버지는 누굴 보고 반가워해야 할지……."

"아비를 생각하는 마음 이토록 갸륵하니, 내 딸 청이는 과연 하늘이 내린 효녀로구나."

심청은 기쁘면서도 설움이 복받쳐서 흑흑 흐느꼈다. 어머니가 심청의 등을 툭툭 두드렸다.

"울지 마라, 내 딸아. 내가 너를 낳은 뒤에 상제의 분부로 세상을 등졌으나 너와 아버지를 한시도 잊은 적이 없다. 귀와 목이 하얀 것이 아버지를 닮았구나. 손길 발길 고운 것은 나를 닮았고. 안아 보자 내 딸아, 귀하디귀한 내 딸아."

옥진부인은 다시 한 번 심청을 꼭 끌어안았다.

"가난한 살림이었지만, 많은 분들이 도와주어 삶이 고달프지만은 않았어요."

어머니를 만난 심청은 왜
기쁘면서도 설움이 복받쳤을까요?

76쪽 참고

심청은 장 승상 부인과 귀덕어멈 이야기를 꺼냈다. 음으로 양으로 도와준 동네 사람들 이야기도 빼먹지 않았다. 옥진부인은 상제에게 말해 그들 모두를 치하*하겠다고 약속했다.

며칠 동안 옥진부인은 수정궁에 머물면서 딸과 행복한 시간을 보냈다. 하지만 하늘의 광한전을 오래 비워둘 수는 없는 노릇이었다. 옥진부인이 심청을 불러 앉혔다.

"청아."

"예, 어머니."

"너를 만나 기쁜 마음 한량없지만, 더는 수정궁에 머물 수가 없구나."

"그게 무슨 말씀이세요, 어머니. 떠나신다는 거예요?"

"어미에겐 옥황상제께서 맡긴 직분이 있다. 하여 오늘 너와 이별하고 광한전으로 돌아가야 한다. 너를 두고 다시 떠나는 게 한스럽지만, 내 힘으로 안 되는 일이니……. 청아, 훗날 다시 만나 서로 반길 때가 있을 것이다."

"아이고 어머니, 어머니를 오래오래 모실 줄로 알았는데, 이별의 말씀을 하시다니!"

심청은 어머니의 손을 덥석 잡았다. 하지만

옥진부인은 눈물을 머금고 심청의 손을 놓았다. 그러고는 옷자락을 털며 일어섰다. 심청은 더 이상 어머니를 붙잡지 못했다.

"딸아, 용기를 잃지 말아라."

"어머니……."

"청아……."

그때 한 시녀가 오색 가마가 준비되었음을 알렸다. 심청은 어머니를 전송하기 위해 손을 짚고 자리에서 일어섰다.

옥진부인은 입술을 꼭 깨문 채 가마에 올라탔다. 심청도 그런 어머니를 보면서 입술을 꼭 깨물었다. 이윽고 오색 구름이 스르르 피어올랐다.

＊치하 : 남이 한 일에 대하여 고마움이나 칭찬의 뜻을 표시함. 주로 윗사람이 아랫사람에게 한다.

꽃처럼 다시 피다

어머니와 다시 이별한 심청은 눈물로 세월을 보냈다. 그러한 심청의 모습에 옥황상제의 마음이 움직였다. 옥황상제는 심청을 수정궁에서 인간 세상으로 돌려보내기로 마음먹고, 서해용왕에게 명을 내렸다.

"효녀 심 낭자*를 연꽃 봉오리 안에 고이 모셔 인당수로 돌려보내도록 하라."

서해용왕이 상제의 명을 받들어 연꽃을 마련했다. 그리고 서해용왕을 비롯해 나머지 용왕들과 선녀들까지 심청에게 차례로 하직 인사를 올렸다.

"심 낭자 극진한 효성이 하늘을 감동시켰습니다. 부디 나가서 부귀영화를 만세나 누리소서."

심청이 겸손하게 대답했다.

"죽은 몸이 다시 살아 여러 용왕님의 신세를 입었습니다. 이 몸 세상에 나가 성실하게 살 테니, 용궁의 귀하신 모든 분들도 평안하옵소서."

심청은 용왕에게 절을 올린 뒤 연꽃에 올라탔다. 꽃봉오리가 조용히 닫히더니, 이윽고 둥실둥실 떠올랐다. 신기하게도 바다 속에서 붉은 해당화가 하늘거렸다.

시간이 얼마나 흘렀을까. 연꽃 안으로 밝은 햇살이 기어들어 심청은 꽃잎 사

*낭자 : 처녀를 높여 이르던 옛말
*수중고혼 : 물에 빠져 죽은 사람의 외로운 넋

이로 살짝 바깥을 내다보았다. 주변이 온통 푸르고 넓은 바다였다. 가만 보니, 치마폭 뒤집어쓰고 풍덩 뛰어들었던 인당수였다. 심청은 그날의 일을 되새기며 조용히 중얼거렸다.

"이 모든 게 한낱 꿈과 같구나!"

그때 남경 장사치들을 태운 배가 인당수로 다가오고 있었다. 그 배에는 지난날 심청을 제물로 샀던 뱃사람들이 타고 있었다. 배가 인당수에 다다르자 뱃사람들은 돛대 끝에 큰 깃발을 달았다. 그러고는 널따란 상에 술과 과일을 차려 놓고, 큰 소를 잡았다. 제사를 지내 심청의 혼을 위로하기 위해서였다.

둥둥 두리둥둥, 둥둥 두리둥둥.

도사공이 힘차게 북을 울렸다.

"하늘이 낸 효녀 심 소저, 수중고혼* 되었으니, 애달프고 불쌍한 마음 어찌 다 전하리까. 우리 여러 선인들은 심 소저 덕분에 억만금이를 남겨 고향으로 돌아가는 길이오. 가는 길에 도화동에 들러 아버지가 잘 지내시는지 알아보리다. 한 잔 술로 소저의 혼을 위로하오니, 이 술 받으소서."

제문을 읽은 도사공은 술 한 잔을 바다에

깐깐한 독서 노트

지난날 인당수에 빠지기 전 심청이 남경 장사치들에게 남긴 부탁은 무엇인가요?

67쪽 참고

뿌렸다. 뱃사람들이 그 모습을 보며 눈시울을 붉혔다. 그런데 그때 연꽃 한 송이가 둥둥 떠내려왔다.

"저게 웬 꽃이야? 연꽃 아닌가?"

"하늘에서 내려온 꽃이 아니오?"

"여기가 인당수니, 아마도 심 소저의 혼이 꽃으로 핀 걸게요."

뱃사람들은 노를 저어 연꽃 가까이 다가갔다. 그때 흰 구름이 자욱하더니, 푸른 옷을 입은 신선이 학을 타고 공중에서 내려왔다. 신선이 위엄 있게 외쳤다.

"바다에 떠 있는 선인들아, 연꽃을 보고 시끄럽게 지껄이지 마라. 그 꽃은 옥황상제가 내린 꽃이다. 각별히 조심하고 곱게 모셔 천자*에게 바쳐라. 만일 불손하게 대하면 벼락으로 배를 치리라."

신선의 말에 뱃사람들은 벌벌 떨었다. 그러고는 행여 꽃잎이라도 다칠까 연꽃을 고이 건져 배에 실었다. 배에 싣자마자 푸른 천으로 장막을 쳤다. 다시 돛을 감고 닻을 다니, 신기하게도 순풍이 불었다. 배는 날아갈듯 물살을 가르더니 순식간에 나루터에 이르렀다.

뱃사람들은 그길로 천자를 찾아갔다.

"폐하, 인당수에서 건진 연꽃이옵니다. 한 신선이 나타나 이 연꽃은 옥황상제께서 내린 것이라 하면서 천자에게 바치라 하셨습니다. 하여 이렇게 가지고 왔사옵니다."

"옥황상제가 주신 연꽃이라고? 허허, 이런 일이 다 있다니!"

---

*천자 : 천제(天帝)의 아들, 즉 하늘의 뜻을 받아 하늘을 대신하여 천하를 다스리는 사람이라는 뜻으로, 군주 국가의 최고 통치자를 이르는 말. 중국에서는 보통 황제를 천자라고 불렀다.
*황후 : 황제의 본처
*승하 : 임금이나 존귀한 사람이 세상을 떠남을 높여 이르던 말

천자는 연꽃을 받고 뛸 듯이 기뻐했다. 마침 천자는 황후를 잃고 적적해하던 참이었고, 그래서 궁궐에 핀 온갖 꽃들을 구경하며 마음을 달래며 지내던 중이었다.

천자는 뱃사람들에게 큰 상을 내렸다. 뱃사람들은 장사해서 벌어들인 재물과 천자가 내린 상을 사이좋게 나누고 헤어졌다.

천자는 그 신비로운 연꽃을 커다란 옥쟁반에 받쳐 궁궐의 뜰에 모셨다. 꽃 이름은 '강선화'라 지었다. 하늘에서 내려온 선녀처럼 아름다운 꽃이라는 뜻의 이름이었다.

그날 밤 천자의 꿈에 학을 탄 신선이 나타났다.

"황후*가 승하*한 것을 옥황상제께서 아옵시고 새 인연을 보내셨으니 어서 살펴보소서."

천자는 그 새 인연이 누구인지 물으려고 했으나 입이 딱 붙어 떨어지지 않았다. 힘주어 입을 떼려고 하는 순간 딱 눈이 뜨였다.

"참 이상한 꿈이로다. 새 인연이 대관절 누구인가."

문득 뱃사람들이 바친 강선화에 생각이 미쳤다. 천자는 궁녀를 데리고 궁궐 뜰로 나갔다.

깐깐한 독서 노트

'강선화'라는 이름의 뜻은 무엇인가요?

83쪽 참고

어둠 속에서도 꽃은 등불처럼 환히 빛나고 있었다.

"강선화의 안을 들여다보아라."

꽃잎 한 장을 살짝 들추고 연꽃 안을 들여다본 궁녀는 깜짝 놀랐다. 웬 아리
따운 처녀가 고개를 숙인 채 다소곳이 앉아 있는 게 아닌가.

"폐, 폐하……."

"왜 그러느냐? 무엇을 보았길래 그러느냐?"

"선녀처럼 아름다운 처녀가 꽃 속에 앉아 있사옵니다."

"그게 정말이냐?"

천자는 눈이 휘둥그레진 채 강선화로 다가갔다. 그러고는 가만히 꽃봉오리를 열었다. 과연 선녀 같은 낭자가 앉아 있었다.

"낭자는 누구인가? 하늘에서 내려온 선녀인가?"

심청은 그제야 수줍어하며 고개를 들었다. 심청의 얼굴이 고스란히 드러나자 천자는 그 아름다움에 다시 한 번 놀랐다.

"어서 네가 누구인지 밝혀라."

"저는 도화동에 사는 심청이라 하옵니다. 눈 먼 아버지 눈을 뜨게 하려고 인당수에 제물로 바쳐졌다가 옥황상제의 도움으로 다시 이 세상에 나왔습니다."

심청은 그동안의 사연을 차분하게 고했다. 이야기를 들은 천자는 크게 기뻐했다.

"꿈이 사실이었구나. 너는 옥황상제께서 보내신 나의 새 인연임이 틀림없다."

천자는 비어 있는 황후의 궁으로 심청을 모셨다.

날이 밝자 천자는 문무백관을 한 자리에 모이게 했다.

"어젯밤 꿈에 학을 탄 신선이 나타나 옥황상제께서 짐의 새 인연을 정했다고 하셨소. 짐이 강선화를 살펴보니 과연 황후의 기상이 비치는 낭자가 앉아 있었소. 그 낭자를 황후로 맞이하려 하는데, 경들의 뜻은 어떠하오?"

"옥황상제께서 보내신 인연임이 틀림없사오니 서둘러 배필로 삼으시옵소서. 이보다 더 큰 경사가 어디 있겠습니까."

천자는 흠천감*에 혼인날을 정하라고 명했다. 흠천감에서는 오월 닷샛날로 날을 잡는 것이 좋겠다고 아뢰었다. 날을 받은 천자는 예부*에 분부하여 가례*를 준비시켰다. 곧바로 혼례 준비가 바쁘게 진행되었다. 천자는 준비 과정을 하나하나 꼼꼼히 챙겼다. 하늘이 내려준 황후를 맞는 일에 소홀할 수가 없어서였다.

드디어 오월 닷샛날, 장엄한 혼례가 거행되었다. 곤룡포를 의젓하게 차려입은 천자는 황후 심청을 흐뭇한 얼굴로 바라보았다. 칠보화관*을 쓰고 당의 원삼을 입은 심청은 눈부시게 아름다웠다. 그야말로 선녀가 내려온 것 같았다.

"우리 황후 성덕*하시고 만수무강하옵소서."

혼례에 모인 문무백관과 백성들이 한마음으로 황후를 축원했다.

심청, 아니 심 황후의 어진 덕은 날이 갈수록 천하에 가득 찼다. 가뭄과 홍수는 들지 않고, 풍어*와 풍년이 들었다. 백성들은 심 황후의 덕이 높아 태평성대가 되었다며 기뻐했다.

---

*흠천감 : 천문·역술 따위를 맡아보던 관아
*예부 : 의례를 맡아보는 관아
*가례 : 왕의 혼인이나 즉위, 또는 왕세자·왕세손·황태자·황태손의 혼인이나 책봉 따위의 예식을 가리킨다. 민간에서는 관례나 혼례를 이른다.
*칠보화관 : 칠보라는 보석으로 꾸민 화관. 대례복에 갖추어 쓴다.
*성덕(成德) : 덕을 이룸. 또는 그 덕
*풍어 : 물고기가 많이 잡힘

그러나 심 황후는 활짝 웃을 수가 없었다. 아버지를 생각하면 한숨과 탄식만 나왔다.

"우리 아버지 살아 계신지 돌아가셨는지도 알 수 없으니 막막하구나. 부처님 덕에 눈을 떠서 정처 없이 다니실까."

심청은 아버지에 대한 그리움을 이길 수 없어 편지를 쓰기로 마음먹었다. 깨끗한 종이를 펼치자 아버지와 함께했던 나날들이 그림처럼 떠올랐다.

아버지.

아버지 곁을 떠나온 지 벌써 세 해가 지났습니다. 진지는 꼬박꼬박 챙겨 드시는지, 사람들에게 괄시받지는 않으시는지, 도무지 소식을 알 길 없으니 답답한 마음 이루 표현할 수가 없습니다.

뱃사람들과 함께 떠나던 날, 저를 붙들고 통곡하시던 모습 눈에 선합니다. 여전히 저를 걱정하시느라 눈물짓고 사시는 건 아닌지요. 저는 이렇게 호의호식하며 잘 살고 있는데……

인당수에 빠진 저를 용왕님이 구해 주셨어요. 용궁에서 극진한 대접을 받으며 지내는 동안

깐깐한 독서 노트

심 황후는 왜 아버지를 생각하면 한숨과 탄식만 나왔을까요?

87쪽 참고

어머니를 뵙기도 했습니다. 어머니와 함께 아버지 걱정을 많이 했지요. 저는 어머니를 오래 모시고 살 수 있을 줄 알았는데, 어머니와는 다시 이별해야만 했습니다. 훗날 저는 옥황상제의 은혜를 입어 다시 이생으로 돌아오게 되었습니다. 그리고 천자의 승은을 입어 황후의 자리에 올랐지요. 황궁에서 분에 넘치는 부귀영화를 누리고 있어요. 하지만 조금도 행복하지 않습니다. 아버지를 다시 뵙지 못하는 한 저는 행복하게 살 수 없습니다.

백성들은 저를 만백성의 어머니로 여기고 있습니다. 그런 백성들을 생각하며 기운을 내고 있지만, 아버지만 떠올리면 눈물이 앞을 가립니다.

심청은 붓을 멈추었다. 스르륵 눈물이 차올라 혀끝을 꼭 깨물었다. 아버지에게 드리는 편지에 눈물 자국을 남길 수는 없었다.

그때 천자가 내전*에 들었다가 황후의 그늘진 얼굴을 보았다.

"편지를 쓰는 중이오? 그런데 얼굴에 근심이 가득하니 어쩐 일이오?"

"아버지에게 편지를 쓰다가 그만……."

심 황후는 꿇어앉아 나직이 아뢰었다.

"아버지 걱정에 웃고 있을 수가 없습니다. 저만 이렇게 호강하고 있으니, 몸 둘 바를 모르겠어요."

"하하, 황후는 과연 효녀 중의 효녀요."

"목숨 붙은 사람들 중에 맹인이 가장 불쌍한 듯싶습니다. 하늘 아래 맹인들을 모두 불러들여 잔치를 열어 주시면 어떨까요? 그러면 혹시 아버지를 뵐 수 있을지도……."

* 내전 : 왕비가 거처하는 궁전

"그거야 어렵지 않소. 당장 명을 내리리다."

"감사합니다, 폐하."

"섭섭하오. 우리는 부부인데, 감사해야 할 필요가 뭐가 있소. 아무튼 아버지를 꼭 찾을 수 있을 것이니 너무 염려 마시오."

다음 날, 나라 안 방방곡곡에 이 달 말일 황성에서 '맹인 잔치'가 열린다는 방이 붙었다. 모든 고을의 수령들에게는 맹인이라면 남녀노소 가리지 않고 찾아내어 황성으로 올려 보내라는 특명이 내려졌다. 수령들은 병든 맹인은 약을 먹여서, 꽁무니를 빼려는 맹인은 볼기를 두들겨서 황성으로 올려 보냈다.

황성을 향하여

이때에 심 봉사는 딸을 잃은 슬픔을 못 이겨 날마다 탄식하며 지내고 있었다. 푸르게 우거진 나무와 향기로운 꽃도 심 봉사에게는 한스러웠다. 지지지 우는 새소리는 비웃음으로 들렸다. 산천은 막막하고 물소리는 처량했다. 동네 사람 남녀노소 찾아와 안부를 물어도, 어릴 적 딸과 함께 놀던 처녀가 인사를 와도 마음은 첩첩산중*처럼 답답하기만 했다.

심 봉사는 사립문을 바라보며 실성한 사람처럼 중얼거렸다.

"당장이라도 우리 딸이 아장아장 걸어 들어올 것만 같구나."

그러나 개미 새끼 한 마리 들어오지 않으니, 한숨이 절로 나왔다.

"눈이라도 떴으면 억울하지나 않았을 텐데……. 딸 잃고, 쌀 잃고 어이구, 이런 기구한 팔자가 또 있을까."

끝내 몽운사 부처의 영험은 일어나지 않았다. 심 봉사는 여전히 어두운 눈으로 살아가야 했다. 딸을 잃은 뒤 동네 사람들이 없었다면 아마 심 봉사는 하루도 버티지 못했을 것이다. 동네 사람들은 남경 장사치들의 부탁대로 그들이 맡긴 돈과 곡식을 착실하게 늘려 심 봉사의 가세가 펴게 해 주었다. 또한 돌아가며 심 봉사를 살피고 돌봐 주었다.

어느 날 이웃마을에 사는 뺑덕어미라는 여인이 불쑥 심 봉사의 집에 찾아왔다.

*첩첩산중 : 여러 산이 겹치고 겹친 산속

"우리 집에 들어온 이 뉘시오?"

마루에서 넋을 놓고 앉아 있던 심 봉사는 마당에서 들려온 인기척에 설핏 정신이 들었다.

"이웃마을 사는 뺑덕어미라고 하오. 댁의 사정이 하도 딱하여서 엉덩이 붙이고 앉아 있을 수가 없었소. 그래서 말벗이라도 해 드리려 찾아왔소."

"애고, 고맙소. 말벗이라곤 우리 딸 청이뿐이었는데……."

"날 반겨 주니 오히려 내가 고맙수다."

말솜씨가 빼어난 뺑덕어미는 이런저런 이야기로 심 봉사의 귀를 즐겁게 해 주었다. 심 봉사가 딸 청이 이야기를 꺼내면 같이 훌쩍훌쩍 울어 주기도 했다.

그날 이후 뺑덕어미는 뻔질나게 심 봉사네 집을 들락거렸다. 어느덧 심 봉사는 점점 뺑덕어미를 의지하게 되었다.

하루는 뺑덕어미가 심 봉사에게 은근히 말을 건넸다.

"우리 아예 부부의 연을 맺고 같이 삽시다. 나도 이제 당신이 없으면 적적해서 하루도 견디기 어렵소. 집에 돌아가면 딱하기만 한 당신

깐깐한 독서 노트

딸을 잃고 눈을 뜨지 못한 심 봉사가 살아갈 수 있었던 힘은 무엇인가요?

90쪽 참고

생각에 잠도 못 자고 밥도 못 먹는다오."

"아이고, 말은 고맙소만 하늘에 있는 우리 부인이 알면 섭섭해할 거요."

"죽은 부인도 당신이 이리 고생하며 살기를 원하지 않을 거요. 내가 아내가 되어 평생 뒷바라지를 해 주면 하늘의 부인도 마음이 놓이지 않겠소."

결국 심 봉사는 뺑덕어미를 아내로 맞아들였다. 아내 잃고 딸도 잃은 심 봉사에게 뺑덕어미와 지내는 시간은 유일한 낙이었다.

그러나 뺑덕어미는 마음보가 고약하고 행실도 나쁜 여자였다. 본디 사는 마을에서는 이웃사람 욕 잘하고, 동무들과 싸움 잘하고, 한밤중에 술 취해서 소란피우고, 아무 사내와 어울려 놀고, 남 해코지도 잘하는 여인으로 소문이 자자했다.

사실 뺑덕어미는 심 봉사의 형편이 넉넉해졌다는 소문을 듣고 그 재산이 탐이 나 심 봉사에게 접근한 것이었다. 재물을 곶감 빼먹듯 쏙쏙 빼먹고 슬그머니 도망칠 속셈이었다.

심 봉사의 부인이 된 그날부터 뺑덕어미는 재산을 탕진하기 시작했다. 쌀을 주고 엿 사먹기, 잡곡 주고 술 사먹기, 이웃집에 밥붙이기*를 수시로 하니 하루가 다르게 가세가 기울어 갔다.

하루는 뺑덕어미가 심 봉사에게 않는 소리를 했다.

"여보, 이제 이삼일 먹을 양식밖에 안 남았소. 어쩔 셈이오?"

그 말에 심 봉사 펄쩍 뛰며,

"이보소, 그게 무슨 말인가? 남은 살림이 그것뿐이라니?"

*밥붙이기 : 일정한 기간 동안에 식비를 내고 남의 집에서 끼니를 먹는 일

그러자 오히려 뺑덕어미 도끼눈을 뜬다.

"지금 나를 탓하는 거요? 나는 매사 당신이 하라는 대로 했소."

"혹시 남에게 빚을 졌소?"

"조금 갚을 게 있소."

"얼마나 되오?"

"뒷동네 주막에 술값 마흔 냥이 있지요."

심 봉사는 어이없어 잠시 말문이 막혔다가,

"잘 먹었네. 그게 다요?"

뺑덕어미는 눈 하나 깜빡하지 않는다.

"엿값 서른 냥, 담뱃값 쉰 냥."

"잘 먹었네, 잘 먹었어. 이제 끝이오?"

"기름 장사한테 스무 냥을 갚아야 하오."

"기름은 어디 썼소?"

"머리에 발랐지요."

똘똘한 지식 사전

주막 술과 밥을 팔면서 잠자리도 제공했던 곳이다. 오늘날의 시각으로 보면 술집, 밥집, 여관의 기능을 모두 갖춘 영업소이다. 주막은 서울과 시골에 모두 있었는데, 서울의 주막이 대체로 규모가 컸다. 규모가 작은 곳은 방 몇 개와 술을 마실 수 있는 술청이 전부였지만, 큰 곳은 방이 수십 개에 마구간과 창고를 갖추기도 했다. 주막은 주로 장이 열리는 곳, 역 근처, 나루터, 광산촌 등에 있었다. 문짝에다 '술 주(酒)'자를 써 붙이거나 창호지를 바른 등을 달아 주막임을 표시하기도 했다.
주막이 언제 처음 생겼는지는 정확히 알 수 없다. 삼국 시대로 짐작할 뿐이다. 조선 시대 때는 임진왜란 이후 관원들이 이용했던 숙박업소인 '원'이 쇠퇴하면서 주막이 발달했다.

그제야 심 봉사는 뺑덕어미가 재산을 함부로 써버렸다는 것을 깨닫는다.

"돈을 그렇게 허투루 쓰면 어떡하오?"

"고까짓 것 얼마나 된다고 그러오. 당신에게 사다 바친 술값, 고기값, 담뱃값이 얼마인데!"

"애고, 다시 이 집 저 집 다니며 빌어먹을 신세가 되겠구나. 부끄럽다, 부끄러워. 딸 팔아서 모은 재산 탕진했다는 책망은 어찌 감당할까. 남의 눈 무서우니 이사라도 가야 하나."

"지금 찬 밥 더운 밥 가릴 때요? 이사할 돈 있으면 나나 주시오."

심 봉사는 피가 거꾸로 솟는 듯했다. 딸 생각이 뼈가 저릴 만큼 간절했다.

"미안하다, 청아! 못난 아비를 용서해라."

심 봉사는 문을 박차고 나와 망녀대가 있는 강가로 허위허위 달려갔다. 그곳에 다다르자마자 비석 앞에 털썩 주저앉아 딸을 부르며 울었다.

"청아, 어이 해서 너는 못 오느냐. 인당수 깊은 물이 너를 어디로 데려갔을까? 황천 가서 네 어미를 뵈었느냐? 그렇다면 나를 어서 잡아가거라."

마침 그곳을 지나던 사람이 심 봉사가 우는 모습을 보고 관아에 알렸다.

심 봉사가 비석을 끌어안은 채 한창 울고 있는데, 관아의 아전이 불쑥 나타났다. 심 봉사가 이곳에서 운다는 소식을 듣고 달려온 것이다.

"이보시오, 봉사. 관아에서 부르니 바삐 갑시다."

심 봉사 고개를 갸우뚱하며,

"대관절 누군데 관아에 가자는 거요?"

"난 관아의 아전이오."

심 봉사 화들짝 놀라,

"난 아무 죄 없소."

"죄가 있어서 데려가려는 게 아니오. 황성에서 열리는 맹인 잔치 때문이오. 어서 갑시다."

심 봉사가 맹인 잔치에 대해 묻자 아전은 관아에서 얘기하자며 심 봉사를 끌어당겼다. 심 봉사는 끌려가다시피 관아까지 따라갔다.

얼떨떨한 표정을 짓고 있는 심 봉사에게 수령*이 분부했다.

"폐하께서 황성에서 맹인 잔치를 연다고 하시니 급히 올라가거라."

"황성이 무슨 옆집입니까? 촌구석에 사는 소경한테 그 무슨 말씀이십니까?"

"네 이놈! 네가 폐하의 명을 거역할 셈이냐. 맹인 잔치에 가지 않으면 큰 벌을 면치 못하리라."

"아, 아니. 폐하의 명을 거역한다는 뜻이 아니오라……."

"시끄럽다. 냉큼 채비하여 황성으로 올라가거라!"

심 봉사 한숨 쉬며,

"옷 없고 노자 없어 천리 길 황성은 못 가오."

관아에서도 심 봉사 사정을 훤히 아는지라,

"여봐라! 심 봉사에게 노자를 두둑히 주고 옷가지도 내주어라."

옷과 노자를 받아든 심 봉사에게 수령은 바삐 황성으로 가라고 재차 명했다. 심 봉사는 머리를 조아리며 당장 황성으로 떠나겠다고 대답했다.

관아를 나온 심 봉사는 우선 집으로 돌아갔다. 혼자서는 천리 길이나 되는 황성에 갈 엄두가 안 났다. 내키지는 않지만 뺑덕어미의 도움이 필요했다. 그러나 뺑덕어미가 함께 나서 줄지 알 수 없고, 이제는 믿기도 어려우니 한번 떠 봐

*수령: 고려·조선 시대에, 각 고을을 맡아 다스리던 지방관들을 통틀어 이르는 말

야겠다고 생각했다.

"뺑덕이네."

"예, 예."

뺑덕어미는 불쑥 나타난 심 봉사에게 마지못해 대답했다. 뺑덕어미는 심 봉사가 홧김에 물에 빠져 죽었으리라 짐작하고 있었다. 그래서 이제 남은 살림은 모두 자기 차지라고 은근히 기뻐하던 중이었다.

"관아에 다녀오는 길인데, 황성에서 맹인 잔치가 열리니 속히 가라고 하오. 내 갔다 올 터이니 집안을 잘 살피고 나 오기를 기다리시오."

뺑덕어미 무슨 속셈인지 배시시 웃으며,

"여필종부라 하지 않았소. 서방 가는 데 마누라가 아니 따라갈까. 나도 같이 가겠소."

셈이 빠른 뺑덕어미는 가세가 기운 집구석에 혼자 남아 봐야 별 소득이 없을 거라 생각했다. 그래서 차라리 황성에 가는 게 낫겠다고 판단한 것이다. 심 봉사는 이런 뺑덕어미의 속마음을 알아채지 못했다.

"자네 마음이 참으로 고우니 같이 가세나. 건넛마을 김씨 어른에게 돈 삼백 냥 맡겼으니, 오십 냥만 찾아서 떠나세."

"에이그, 봉사님도! 그 삼백 냥 진즉 찾아 살구값으로 다 써버렸소."

"아니 그 많은 돈을 살구값으로 다 없앴단 말이오?"

"고까짓 돈 삼백 냥 때문에 이리 노여워하시오."

"말하는 뽄새를 보아하니, 귀덕어멈한테 맡긴 돈도 다 썼겠구려."

* 여필종부 : 아내는 반드시 남편을 따라야 한다는 말
* 뽄새 : 표준말은 본새. 어떠한 동작이나 버릇의 됨됨이를 뜻한다.

"그 돈 백 냥은 떡값, 팥죽값으로 썼지요."

심 봉사 기가 막혀 하, 한숨을 뱉는다.

"애고, 몹쓸 년아. 내 딸 청이가 목숨 팔아 마련한 그 돈을 겨우 떡값, 팥죽 값, 살구값으로 다 써버렸단 말이냐."

뺑덕어미 살랑거리며,

"어쩐 일인지 지난달에 달거리*를 거르더니만, 자꾸 신 것이 입에 당기고, 밥 대신 떡과 팥죽이 먹고 싶어졌소."

어리석은 심 봉사 이 거짓말에 깜빡 속아 넘어간다.

"여보게, 그러면 태기가 있나 보오."

"아무래도 그런가 보오. 나잇살 먹고 망측하게스리……."

심 봉사의 마음에서 어느새 뺑덕어미에 대한 미움이 떠난다.

"신 것 너무 많이 먹고 애를 나면, 그 놈의 자식 시큰둥해져서 못 쓰지. 아무 튼 딸이든 아들이든 하나만 낳으소."

"그 얘긴 훗날 하고, 어서 황성 잔치 가야지요."

"그러세. 잔치도 같이 가고 황성 구경도 합시다."

심 봉사와 뺑덕어미는 바삐 행장*을 꾸려 집을 나섰다. 심 봉사는 노잣돈을 보에 싸서 어깨 너머 둘러메고, 왼손에 지팡이를 들었다. 뺑덕어미 앞세우고 본 인은 뒤서 가며 황성으로 올라갔다.

며칠을 가다가 두 사람은 잠을 청하려 어느 주막에 들었다.

주막과 가까운 동네에 황 봉사라는 맹인이 살고 있었다. 봉사라지만 희미하게

---

*달거리 : 여성의 생리 현상인 월경
*행장 : 여행할 때 쓰는 물건과 차림

빛을 볼 수 있는 반 봉사요, 심 봉사와 달리 엄청난 부자였다. 잔꾀 또한 많았다. 그는 뺑덕어미가 남자를 좋아하고 즐겨 어울린다는 소문을 듣고 평소 한번 만나보기를 바라고 있었다.

마침 그날 황 봉사는 술로 목이나 축이려고 주막을 찾았다가 주모에게 심 봉사 부부가 왔다는 이야기를 들었다. 그는 주모에게 돈을 주고 심 봉사가 잠든 사이 몰래 뺑덕어미를 빼내오게 했다.

"소문대로 대단한 미인이시오."

황 봉사는 대뜸 입에 발린 칭찬을 건넸다. 그러나 미인이라는 말을 싫어할 여인이 누가 있겠는가. 약삭빠른 뺑덕어미, 황 봉사가 무슨 꿍꿍이가 있을 거라 짐작하면서도 기분은 좋다.

"처음 보는 여인에게 그 무슨 실례의 말이오."

뺑덕어미는 일부러 슬쩍 눈을 흘겼다.

"실례했다면 미안하오. 미인을 보니 나도 모르게 그만……."

"그런데 무슨 할 말이라도……. 보다시피 난

깐깐한 독서 노트

황 봉사는 뺑덕어미를 꼬드기기 위해 어떤 말을 했나요?

99~100쪽 참고

임자 있는 몸이오."

황 봉사가 목소리를 싹 낮추어 말했다.

"나랑 같이 갑시다."

"에이그머니, 이 밤에 어딜 가자는 게요? 망측하게스리……."

황 봉사가 히죽 웃으며 말을 이었다.

"이보게, 뺑덕어미. 그래도 나는 반 봉사니 심 봉사보단 낫지 않소. 재물도 발에 채일 만큼 많으니, 나와 함께 떵떵거리며 살아봅시다."

황 봉사의 꾐에 뺑덕어미 귀가 솔깃한다.

'심 봉사 따라 황성에 가도 나는 봉사가 아니니 잔치에 끼지 못할 테고, 집으로 돌아가면 외상값에 쫓겨 맘 편할 날 없을 테고. 황 봉사를 따라가면 몸은 편하겠네. 살구는 실컷 먹겠어.'

뺑덕어미는 황 봉사를 따라가기로 마음먹었다. 못된 뺑덕어미는 심 봉사의 보따리까지 훔쳐 달아났다. 심 봉사는 아무것도 모른 채 드르렁드르렁 잠만 잤다.

동틀 무렵 심 봉사는 잠에서 깼다.

"여보소, 아직 자는가?"

심 봉사는 옆자리를 손으로 더듬더듬 만져 보았다. 그런데 뺑덕어미는 손에 안 잡히고 푹신한 이불만 잡혔다.

"여보소 뺑덕이네, 어디 갔는가?"

아무리 불러도 대답이 없자 퍼뜩 불길한 생각이 들어 구석구석 온 방을 더듬어 보았다. 벌떡 일어서서 벽도 더듬어 보았다. 노자를 싼 보따리가 사라지고 없었다.

"애고, 이 계집 도망하였구나!"

심 봉사 기가 막혀 섰던 자리에 풀썩 주저앉아

허허어 허허어

뺑덕이네가 갔네 그려.

나를 두고 어디 갔나.

야, 이 천하 의리 없고 사정없는 요년아,

당초에 니가 나를 버릴 테면 살던 곳에서 그리 하지

수백 리 타향에 와서 날 버리고

니가 무엇이 잘될 소냐.

귀신이라도 못 되리라.

요년아 니 그럴 줄을 내 몰랐다.

현철[*]하신 우리 곽씨도 잊고 살고,

출천대효[*] 내 딸 청이도 생이별을 하였는데,

내가 바로 미친놈이다.

황성 천리 먼 길을 뉘와 함께 가잔 말이냐.

애고애고 내 팔자야.

날이 훤히 밝자 심 봉사는 주모를 불렀다.

"주모, 혹시 내 마누라 못 보았소?"

"나는 모르겠소."

"아니, 주모가 주막을 들고나는 손님을 모르면 어찌하오?"

＊현철 : 어질고 사리에 밝음
＊출천대효 : 하늘이 낸 효자라는 뜻으로, 지극한 효자나 효성을 이르는 말. 출천지효라고도 한다.

"나는 잘 때도 눈을 뜨고 자는 줄 아시오?"

주모가 쌀쌀맞게 대꾸하자 심 봉사는 살살 타이르듯 말했다.

"거, 잘 좀 생각해 보시오. 새벽에 누가 나간 사람 없는지. 내 마누라는 빼어난 미인일 거요."

주모는 여전히 쌀쌀맞은 투로 대꾸했다.

"당신 부인은 누군지 모르겠고, 황 봉사 부인이라면 알지요. 간밤에 둘이 나가더이다."

"그게 정말이오? 아이고, 이것들이 날 속이고 도망쳤구나!"

심 봉사는 땅이 꺼질 듯 탄식을 내뱉었다.

한참 만에 심 봉사는 겨우 마음을 추스르고 주막을 나섰다. 홀로 지팡이를 짚고 타닥타닥 걷다 보니 길잡이를 해주던 뺑덕어미가 못내 아쉬워졌다.

'아서라, 그 계집을 생각하는 나는 잡놈이다. 다시는 그년 생각도 아니하고 말도 아니하리라.'

심 봉사는 마치 뺑덕어미가 눈앞에 있는 듯 손을 휘휘 내저었다.

오뉴월 더운 때라 한낮의 땡볕은 불 같았다. 심 봉사 비지땀 흘리면서 어느 곳에 다다르니, 냇물 흐르는 소리가 맑고 깨끗하게 들렸다. 아이들이 잘잘잘 떠들며 멱 감는 소리도 들렸다.

"에라, 나도 목욕이나 하고 가자."

심 봉사는 땀에 젖은 고의적삼*을 훨훨 벗어던지고 냇물에 풍덩 뛰어들었다.

"어허, 시원하다."

첨벙첨벙 물장구치며 실컷 목욕을 즐긴 심 봉사는 물가로 나와 더듬더듬 옷

---

*고의적삼 : 여름에 입는 홑바지와 저고리

을 찾았다. 그런데 아무리 더듬어도 옷을 찾을 수가 없었다.

"도적놈이 다 집어가 버렸구나. 기가 막힐 일일세. 해와 달이 밝았어도 동쪽 서쪽 분간 못하는 나 같은 병신을 등쳐먹다니. 무정한 도적놈 같으니! 아이구, 내 팔자야. 어서 죽어 황천 가서 내 딸 심청 고운 얼굴 만나야겠다."

심 봉사는 벌거벗은 채 땡볕 아래 홀로 앉아 신세를 한탄했다. 그리고 대책 없이 앉아만 있는데, 때마침 황성에 다녀오던 그 고을 수령이 그곳을 지나게 되었다. 심 봉사는 웅성거리는 소리에 귀를 쫑긋 세웠다. 짐작건대 관리의 행차 같았다.

'이렇게 된 마당에 저 관원에게 억지라도 좀 써봐야겠다.'

심 봉사는 두 손으로 샅을 가리고 길 위로 엉금엉금 기어 올라갔다.

"누구냐? 무엄하게 행차를 가로막는 놈이!"

"아뢸 말씀이 있소. 저는 황성 가는 봉사인데, 억울한 일을 당했나이다."

불쑥 벌거벗은 맹인이 튀어나오자 수령은 흠칫 놀라 행차를 멈추었다.

깐깐한 독서 노트

옷을 도둑맞은 심 봉사는 수령의 행차가 지나갈 때 어떻게 하기로 마음먹었나요?

103쪽 참고

"너는 어디 사는 소경이며, 옷은 어찌 벗었느냐?"

"저는 황주 도화동 사는 심 봉사이옵니다. 황성 맹인 잔치에 가는 길에 하도 더워서 이 물가에서 목욕을 했는데, 옷과 보따리를 몽땅 도둑맞았습니다."

"그럼 빈털터리인 게냐?"

"그렇습니다."

"네 사정 딱하나, 지금 도둑을 잡을 수는 없는 노릇이고, 옷 한 벌과 노자를 쥐어줄 테니 서둘러 황성에 올라가라."

"아이고! 고맙습니다, 나리!"

수령은 아전에게 명해 남는 옷 한 벌을 심 봉사에게 주었다. 나졸들 중 몇은 자기가 쓰고 있던 갓과 망건을 벗어 주었고, 마부는 신발을 벗어 던져 주었다.

심 봉사는 수령에게 이마가 땅에 닿을 듯 절을 올린 뒤 다시 길을 떠났다. 천만다행으로 옷과 노자를 얻어 힘이 솟았지만, 얼마 못 가 자신의 신세가 처량하게 느껴졌다.

"어이 가리, 나 혼자 어이 가리. 오늘은 어디서 자고, 내일은 또 어디 가 잘까. 바싹 마른 내 다리로 몇 날을 걸어야 황성에 닿을까. 눈 어둡고 약한 몸이 황성 천리 어이 갈까."

한 걸음에 한숨, 두 걸음에 탄식이 터져 나왔다. 푸른 나무가 심 봉사를 위로하듯 오소소 가지를 흔들었다.

하늘이 맺어 준 인연

한 걸음 한 걸음 심 봉사는 황성에 가까워졌다. 그날도 사람들에게 물어 물어 길 찾아 가는데, 떨구덩떨구덩 방아 찧는 소리가 들려왔다. 여인들의 구슬 같은 목소리도 그 소리에 끼어들었다.

마침 방아 찧던 여인 중 한 명이 심 봉사를 발견하고는,

"봉사님, 맹인 잔치 가시오? 황성이 예서 멀지 않으니 방아 좀 찧어 주고 가오."

여인네 목소리가 심 봉사 귀에 즐겁다. 듣자 하니 여염집 아낙이나 양반집 종인 듯하다.

"앞 못 보는 소경에게 일을 시키려 하오. 더구나 먼 길 숨 가쁘게 달려온 사람을."

다른 여인이 까르르 웃으며,

"지나가는 봉사님들 모두 도와주고 가셨소."

그 말에 심 봉사는 방아를 찧어 주고 요기나 해야겠다고 생각한다.

"내가 방아를 찧어 주면 뭘 주겠소?"

"주긴 뭘 주오?"

"크게 한 상 차려 주시오. 그리하면 방아를 찧어 주리다."

"그렇겐 못 하고, 허기나 면하게 해 주겠소."

"겨우?"

"내 참, 고기라도 얹어 줄까요?"

"분명 고기라고 했겠다. 그럼 그렇게 알고 시작하리다."

심 봉사 소맷자락과 바짓가랑이를 걷어붙이고 방아에 올라섰다. 심 봉사는 이렇게 된 김에 소리*까지 한 자락 뽑으며 신명나게 방아를 찧기로 했다.

"내 방앗소리 한 자락 뽑아 볼까요?"

"좋지요. 어서 뽑아 보시오."

여인들이 부추기자 심 봉사는 못 이기는 척 소리를 시작했다.

어유아 방아요.

떨구덩떵 찧어라

어유아 방아요.

봄 산의 나무 베어 이 방아를 만들었나,

하늘의 은하수 오작*이 다리 놓고

남은 기운 내려와서 이 방아를 만들었나.

어유아 방아요.

떨구덩떵 자주 찧어라

어유아 방아요.

방아 처음 내던 사람 알고나 찧어 보세.

경신년 경신월에 강태공이 지은 방아인가.

떨구덩떵 잘 찧어라

*소리 : 판소리나 잡가 따위를 통틀어 이르는 말
*오작 : 까마귀와 까치를 아울러 이르는 말

107

어유아 방아요.

길고 가는 허리를 보니 초나라 궁녀의 맵시인가

어유아 방아요.

어유아 방아요.

심 봉사는 방아 찧어 준 값으로 밥과 고기를 실컷 얻어먹었다. 그러고는 배를 통통 두드리며 다시 길을 나섰다. 고기를 먹어서인지 가느다란 다리에 힘이 붙었다.

"황성까지 얼마 안 남았으니 힘껏 가 보자."

마침내 심 봉사는 황성에 다다랐다. 그때는 이미 맹인 잔치가 열리고 난 뒤여서 황성에 맹인들이 들끓었다. 잔치가 여러 날 치러진다고 하여 맹인의 수는 점점 늘어만 갔다.

심 봉사가 개울가에서 다리를 건너려는데, 건너편에서 웬 여인이 심 봉사를 불렀다.

"거기 있는 게 심 봉사이신지요?"

"그렇소만. 날 아는 이 누구요?"

"잠깐 저 좀 보시지요. 마님께서 심 봉사를 만나면 꼭 모셔오라고 했습니다."

심 봉사는 고개를 갸웃거렸다.

'황성 땅에서 날 아는 이가 없건마는 누가 날 보자는 겐가? 더구나 여인네가……'

괴이쩍긴 했으나 어차피 정처 없는 떠돌이가 된 몸, 심 봉사는 터벅터벅 여인을 따라갔다.

*사랑 : 집의 안채와 떨어져 있는, 바깥주인이 거처하며 손님을 접대하는 곳

여인은 심 봉사를 사랑*으로 안내했다.

"여기서 잠시 기다리십시오. 저녁상을 내오겠습니다."

마침 시장하던 참이라 심 봉사는 입에서 군침이 돌았다.

조금 뒤 들어온 저녁상에는 산해진미가 차려져 있었다. 심 봉사는 맛있게 먹으면서도 마음 한 구석에 의심을 품었다.

'날 보쌈이라도 하려는 건가?'

저녁을 다 먹고 한숨 돌리고 있는데, 여인이 사랑으로 찾아왔다.

"봉사님, 진지 다 드셨으면 나와서 마님을 뵈러 가시지요."

여인을 따라 안방 앞에 왔으나 막상 들어가려니 발이 떨어지지 않았다.

"이보시오. 혹시 이 집에 무슨 우환이 있소? 나는 봉사지만 점도 못 치고 경도 못 읽소."

"그런 말 마시고, 어서 방으로 드십시오."

'애고, 아무래도 보쌈에 걸렸나 보다.'

심 봉사 겁을 덜컥 집어먹고 안방으로 엉거주춤 들어갔다. 여인이 방을 나가면서 문을 닫는 소리가 들렸다.

똑똑한 지식 사전

보쌈 사람을 강제로 보에 싸서 훔쳐와 결혼시키는 풍습이다. 보통 귀한 집 딸이 둘 이상의 남편을 섬겨야 될 사주팔자인 경우에 시행되었다. 밤에 외간 남자를 보에 싸서 잡아다가 딸과 재우면 그 딸은 과부가 될 액운을 면한다고 믿었다. 그 후 딸은 안심하고 시집을 갔다. 때로 보쌈 당한 남자가 죽임을 당하는 경우도 있었다.
가난하여 혼기를 놓친 총각이 과부를 밤에 몰래 보에 싸서 데려와 부인으로 삼던 일도 있었다. 이러한 과부 보쌈은 과부의 부모와 사전에 약속이 이루어지기도 했다.

"당신이 심 봉사요?"

뜻밖에도 부인의 목소리가 참으로 훈훈했다.

"그러하오만, 어찌 날 아시오?"

"아는 수가 있지요. 내 성은 안가요. 나도 열 살 무렵에 눈이 어두워졌다오. 황성에서 대대로 살고 있는데, 지금은 부모님 다 여의고 홀로 이 집을 지키고 있소. 내 나이 스물다섯인데, 아직 배필을 만나지 못했다오. 일찍이 나는 복술[*]을 배웠는데, 간밤에 하늘의 해와 달이 바다에 잠겨 천지가 어두워지는 꿈을 꾸었소. 해와 달은 사람의 눈이라! 그래, 점을 쳐 보니 필경 배필을 만날 꿈이거늘, 해와 달이 뚝 떨어졌으니 배필이 맹인인 것을 알았소. 또한 해와 달이 물에 잠겼으니 배필의 성이 '잠길 심(沈)'자 쓰는 심씨라고 생각했소."

"그래서 일부러 날 찾은 거요?"

"여러 날 동안 시비를 시켜 만나는 맹인마다 심씨인지 물어보았소. 아무튼 당신을 만나 반갑소. 우리는 하늘이 맺어 준 인연이리라."

"부부의 연을 맺자는 뜻이오?"

"그러하오. 하늘이 내린 인연을 마다하지 마시오."

심 봉사는 부인 곽씨와 딸 청이가 생각나 마음이 아팠다. 오늘 만난 새로운 인연이 곽씨와 청이의 죽음에 뿌리를 두고 있다 생각하니 울컥 눈물이 차올랐다.

심 봉사는 지난 세월 살아온 이야기를 안씨에게 미주알고주알 풀어놓았다. 안씨는 함께 아파하며 진심으로 심 봉사를 위로했다. 심 봉사는 안씨의 마음씨에 감동하여 안씨와 부부의 연을 맺기로 결심했다.

"아무래도 딸 잃고 아내 잃은 나를 하늘이 불쌍히 여겨 당신을 보내 주었나

*복술 : 점을 치는 방법이나 기술

보오. 당신과 부부의 연을 맺으리다."

두 사람은 서로의 손을 맞잡고 감격의 눈물을 흘렸다.

밤이 깊어 심 봉사는 안씨와 함께 잠자리에 들었다. 그런데 뒤숭숭한 꿈에 심 봉사는 새벽녘에 잠에서 깨어났다.

"아이구, 그 꿈도 참……."

심 봉사는 한숨을 푹푹 쉬었다. 그 소리에 안씨도 일어났다.

"무슨 걱정 있소? 웬 한숨을 그리 쉬시오?"

"아무것도 아니오."

"우리가 서로 배필을 맺었는데, 숨길 게 뭐가 있소. 속 시원히 얘기해 보시오."

심 봉사 주저하다 입을 열었다.

"간밤에 괴이한 꿈을 꾸었소. 내 몸이 불에 타더니, 누가 내 가죽을 벗겨 글쎄 그것으로 북을 만들더이다. 또 나뭇잎이 우수수 떨어지더니 뿌리를 다 덮는 게 아니겠소. 아마도 내가 죽을 꿈인가 보오."

그 말을 다 듣고 안씨 빙긋 웃더니,

"길몽*이 틀림없소."

"어찌 길몽이라 하오?"

"몸이 불에 탄 것은 반가운 만남이 있을 거라는 징조이리다. 가죽을 벗겨 북을 만든 것은 궁궐에 들어갈 징조요. 북은 궁성이고 궁성의 '궁'과 궁궐의 '궁'은 음이 같기 때문이오. 또한 낙엽이 뿌리를 덮은 일은 자손을 만난다는 뜻이오."

"어이쿠, 내 꿈이 그리도 좋은 꿈이었소?"

*길몽 : 좋은 징조의 꿈
*궁성 : 궁상각치우 다섯 음 가운데 하나인 '궁'의 소리. 궁상각치우는 동양 음악에서, 다섯 음의 각 이름이다.

그러나 이내 심 봉사의 얼굴이 어두워졌다.

"내 딸 청이는 인당수에 빠져 죽었는데, 어느 자식을 만난다는 말인가."

"체념하지 마시오. 당신은 오늘 맹인 잔치가 벌어질 궁궐에 가지 않소. 점괘를 보니 아마도 거기서 뭔가 일이 날 것 같소."

"그래도 죽은 자식이 살아날 리는 없지. 맹인 잔치고 뭐고 그냥 잠이나 더 잘까 보오."

"그런 소리 말고, 어서 일어나 갈 채비를 하시오. 오늘이 잔치 마지막 날이라는 걸 모르오?"

심 봉사는 안씨의 재촉에 못 이겨 보따리를 챙겨 집을 나섰다. 맹인들의 발소리가 줄줄이 궁궐로 향하고 있었다. 마지막 잔칫날이라 기름진 음식을 한 번이라도 더 먹으려는 맹인이 대부분이었다. 심 봉사처럼 간신히 마지막 날에 이곳에 오게 된 맹인은 많지 않았다.

궁궐 문 앞에는 그야말로 맹인들이 구름처럼 모여 있었다. 발 디딜 틈도 없는데, 찾아오는 맹인은 점점 더 늘어났다.

'눈이 성한 사람도 소경으로 보일 지경이구먼.'

심 봉사가 혀를 끌끌 차는데, 궁궐의 문이 활짝 열렸다. 그리고 수문장의 명령이 떨어졌다.

"맹인들은 연회장으로 들라. 오늘이 망종*이니 모두 서둘러라."

*망종 : 일의 마지막

깐깐한 독서 노트

심 봉사가 꾼 꿈은 어떤 징조의 꿈인가요?

111쪽 참고

세상에서 가장 흥겨운 잔치

수문장은 궁궐로 드는 봉사들에게 이름, 고향, 하는 일 등을 책자에 빠짐없이 적게 했다. 그러고는 그 책자를 가지고 심 황후에게 갔다.

"오늘 잔치에 참석한 맹인들의 기록이옵니다."

"수고했네."

심 황후는 떨리는 마음으로 책자를 펼쳤다. 잔치가 시작된 날부터 심청은 날마다 이 책자를 받아보았다. 아버지를 찾기 위해서였다. 그러나 아버지의 이름은 늘 빠져 있었다.

'마지막 잔칫날인데, 이 책자에도 아버지의 이름이 없으면 어쩌나.'

심 황후는 책자를 한 장 한 장 넘겼다. 눈을 씻고 봐도 아버지의 이름이 눈에 띄지 않았다. 황후는 잠시 책장 넘기기를 멈추고 하늘을 바라보았다.

"불쌍하신 우리 아버지. 하늘에 계십니까, 땅에 계십니까. 영험한 부처님 덕에 눈을 떠서 맹인 잔치에 안 오신 것입니까. 오시다가 길 위에서 변이라도 당하셨습니까. 알 길 없으니 원통하고 억울합니다."

그때 신명나는 풍악이 울리고, 궁궐 안이 떠들썩해졌다. 잔치가 시작된 것이었다. 맹인들은 와자지껄 떠들며 술을 마시고 귀한 음식을 먹었다.

심 황후는 다시 기운을 내어 책장을 넘겼다. 여기에 적혔을까, 저기에 적혔을까 발을 동동 구르는데, 마지막 장에서 낯익은 이름이 눈에 띄었다.

'이름 심학규, 나이 예순셋, 거주 황주 도화동'.

이름, 나이, 사는 곳 모두 아버지와 똑같았다. 심 황후는 의자에서 일어나 맹인들을 낱낱이 살펴보았다. 맹인들은 먹는 데만 정신이 팔려 있었다.

이윽고 말석에 움츠리고 앉아 있는 맹인이 심청의 눈에 들어왔다. 머리가 반백으로 변해 있었지만, 아버지가 틀림없었다. 그러나 혹 닮은 사람일수도 있으니 확인할 필요가 있었다.

심 황후는 시녀를 불러 분부했다.

"저 말석에 앉은 소경을 불러오라."

곧 심 봉사가 심 황후 앞에 꿇어앉았다. 심 봉사는 황후에게 왜 불려왔는지 몰라 안절부절못했다. 어젯밤 꿈이 머릿속에서 떠나지 않았다.

"이름이 무엇이오?"

"심학규라 하옵니다."

"어찌 이 잔치에 오게 되었는지 그 사연을 이야기해 보시오."

심 봉사에게는 마치 지은 죄를 낱낱이 고하라는 명으로 들렸다. 심 봉사는 달달 떨면서

깐깐한 독서 노트

심 황후가 불러들였을 때 심 봉사가 안절부절못한 까닭은 무엇인가요?

115쪽 참고

그동안 살아온 이야기를 자세히 아뢰었다.

　"소인은 황주 도화동에 사는 심학규이옵니다. 스무 살에 눈이 멀고, 마흔 살에 귀한 딸을 얻었죠. 허나 아내가 산후병으로 칠 일 만에 세상을 떠나는 바람에 동냥젖을 먹이며 딸을 키워야 했습니다. 그런데 이 딸도 열다섯 꽃다운 나이에 세상을 등졌습니다. 출천대효 제 딸 청이는 아버지 눈을 뜨게 하겠다고 공양미 삼백 석에 제 몸을 팔아 인당수에서 죽었지요. 저는 눈에 넣어도 아프지 않을 딸만 잃었습니다. 눈은 뜨지도 못하고……."

더 이상 확인할 필요가 없었다. 눈앞에 있는 맹인은 아버지가 분명했다.
심 황후는 의자에서 내려가 심학규의 목을 끌어안았다.
"아버지, 살아 계셨군요. 저는 청이에요. 물에 빠졌다가 살아 돌아왔답니다."
심 봉사는 어안이 벙벙해서 말문이 막혔다.
"대체 이게 무슨 일인가?"
"눈을 뜨시고 딸의 얼굴을 보옵소서."

심 황후가 주위를 둘러보았을 때
맹인들이 모두 자리에서 일어나
춤추고 노래한 까닭은 무엇인가요?

119쪽 참고

심청의 간곡한 말에 심학규는 눈꺼풀을 꿈틀 들어올렸다. 그러자 번쩍 두 눈이 뜨였다. 밝은 햇살 아래 눈부신 심청의 얼굴이 똑똑히 보였다.

"보인다!"

"참말이세요? 아버지, 제가 보여요?"

"네가 내 딸 청이냐? 이 심학규의 딸 청이란 말이냐?"

"네, 아버지."

심 봉사, 아니 눈이 밝아진 심학규는 심청의 얼굴을 뚫어져라 쳐다보았다. 선녀의 얼굴이었다. 사월 초파일밤, 꿈에 나타났던 그 선녀의 얼굴이었다.

"아이고, 청아!"

심학규는 딸을 얼싸안았다. 아비와 딸은 서로를 안은 채 펑펑 눈물을 뿌렸다.

"네 어미가 있었다면 얼마나 기뻐했을까. 우리 부녀 다시 만나 이렇게 좋아하는 양을 알기나 할까."

"아실 거예요. 어머니는 지금 하늘에서 우릴 보고 계실 거예요."

"죽은 딸 다시 보니 날듯이 즐겁고, 어두운

눈을 뜨니 대명천지* 새롭구나. '아들 낳기보다 딸 낳기를 힘쓰라'는 말은 나를 두고 한 말이구나. 지화자 좋을시고!"

그때 여기저기서 환호가 터져 나왔다. 심 황후가 주위를 둘러보니 맹인들이 모두 자리에서 일어나 춤추고 노래하고 있었다.

"보인다, 보여!"

"아이쿠, 여기가 궁궐이구나!"

감격스럽게도 자리에 모인 맹인들 모두가 번쩍 눈을 뜨게 된 것이다.

"산호만세*, 만세, 만세!"

무수한 맹인들, 아니 이제 눈을 뜨게 된 사람들이 소리쳐 만세를 불렀다.

만세 소리, 얼씨구 지화자 좋다 소리가 궁궐 밖까지 퍼져 나갔다. 태평성대가 이루어졌음을 알리는 소리였다.

이 소식을 들은 천자는 모든 게 황후의 덕이라며 기뻐했다. 그러고는 당장 심 학규를 불러들이라 분부했다.

그때 천자 폐하 심 생원*(심학규) 입시*시켜 부원군으로 봉하시고,

안씨 부인 분부 내려 심학규 정부인으로 봉하시고,

무릉촌 장 승상 부인에게 큰 상을 내리시고,

---

*대명천지 : 아주 환하게 밝은 세상

*산호만세 : 나라의 중요 의식에서 신하들이 임금의 만수무강을 축원하여 두 손을 치켜들고 만세를 부르던 일. 중국 한 나라 무제가 산에서 제사 지낼 때 신하와 백성들이 만세를 세 번 부른 데서 유래한다.

*생원 : 예전에, 나이 많은 선비를 대접하여 이르던 말

*입시 : 대궐에 들어가서 임금을 뵙던 일

그 아들은 예부상서 시키시고,

젖 먹이던 동네 여자들과 귀덕어멈 많은 재물 내리시고,

몽운사 화주승은 당상 벼슬 내리시고,

도화동 사람들에게 세곡*을 없애시고,

강선화 바친 도사공에게 태수 벼슬 내리시고,

벌거벗은 심 봉사 구제해 준 고을 수령 관찰사로 삼으시니,

천천만만세 성덕*을 부르더라.

"뺑덕어미와 황 봉사를 당장 잡아들여라!"

천자의 명이 떨어지자 나졸들은 이리 뛰고 저리 뛰며 뺑덕어미와 황 봉사를 잡으러 다녔다. 얼마 지나지 않아 황 봉사와 뺑덕어미가 잡혀 왔다.

천자가 먼저 뺑덕어미에게 호통을 쳤다.

"심학규를 속이고 재산을 탕진하더니, 황 봉사와 눈이 맞아 보따리까지 뺏어 가느냐! 너는 참으로 사악한 여인이다."

"억울합니다, 폐하. 저는 심학규가 쓰자는 대로 재물을 썼을 뿐이옵니다. 또한 심학규를 버린 것도, 보따리를 훔친 것도 모두 황 봉사가 시켰기 때문입니다."

"폐하, 이 여인의 말은 거짓입니다. 달아나자고 꼬드긴 것은 제가 아니라 이 여인입니다. 저는 보따리에 대해서는 알지도 못합니다."

---

*세곡 : 나라에 조세로 바치는 곡식
*성덕(聖德) : 임금의 덕을 높여 이르는 말
*고금 : 옛날과 지금을 아울러 이르는 말

뺑덕어미와 황 봉사는 서로에게 죄를 뒤집어씌우기에 급급했다.

"닥쳐라! 너희 둘은 모두 천벌을 받아 마땅하다."

천자는 불호령을 내렸다. 그제야 두 사람은 목숨만 살려 달라면서 손이 발이 되도록 빌었다. 그러나 천자의 마음을 되돌릴 수는 없었다. 황 봉사와 뺑덕어미는 엄벌에 처해졌다.

이 모든 것이 심청의 효성 덕분이었다. 온 나라가 황후의 덕을 노래했고, 그 효행은 고금[*]에 으뜸이라며 칭송했다.

STEP 3

작품 깊게 생각하기

〈심청전(沈淸傳)〉

심청전은 지은이가 누구인지, 언제 지었는지 정확히 알 수 없는 고전 소설이다. 사람들의 입에서 입으로 전해지던 이야기가 누군가에 의해 한 편의 '이야기책'으로 꾸며진 것으로 보인다.

심청전의 탄생 배경에는 입에서 입으로 전해지던 이야기, 곧 근원 설화가 있다. 삼국사기와 삼국유사에 실린 '효녀 지은 설화', 삼국유사의 '거타지 설화', 먼 나라 인도 '전동자 설화' 등이 심청전의 근원 설화이다. 그 밖에도 '인신 공희 설화', '효행 설화', '용궁 설화' 등이 근원 설화로 꼽힌다.

오늘날 우리가 읽을 수 있는 심청전은 여러 가지다. 기둥 줄거리는 비슷하지만 부분적으로 다른 심청전이 80여 가지에 이른다. 입에서 입으로 전해질 때 전하는 사람에 따라 조금씩 이야기가 달라지거나, 세월이 흐르면서 여러 사람이 자신의 입맛대로 고쳐 썼기 때문이다. 이렇게 서로 다른 이야기들을 통틀어 '이본(異本)'이라 칭한다. 한글본, 한문본, 붓으로 베껴 쓴 필사본, 나무판에 새겨 찍은 목판본 등 여러 가지 이본이 있다.

심청전은 판소리로도 전한다. 판소리란 소리꾼이 고수의 북장단에 맞춰 구성진 노래로 하나의 이야기를 전하는 민속 예술이다. 판소리 '심청가' 역시 소설 〈심청전〉처럼 여러 가지 형태가 전한다. 소리꾼에 따라 이야기에 살이 붙거나 덜어졌기 때문이다.

판소리로 불리던 심청가 중 문자로 기록되어 정착한 것을 '판소리계 소설'이라고 일컫는다. 판소리계 소설 〈심청전〉은 대부분이 완판본으로 자리 잡았다. 완

판본이란 판소리의 고장인 완산 지역(현 전주)에서 인쇄한 판본을 말한다. 서울 지역에서 인쇄한 판본은 경판본이라고 하는데, 경판본은 설화가 소설로 정착한 것으로 판소리와는 별 관계없다. 한편 완판본의 시간적 배경은 중국 송나라로, 경판본은 중국 명나라로 되어 있다. 이는 조선에 널리 퍼져 있던 중화사상(중국을 제일로 여기는 사상)의 영향 탓으로 보인다.

심청전이 처음 소설로 자리 잡은 때는 조선 후기인 18세기로 보는 게 일반적이다. 18세기에 판소리로 공연되었다는 기록이 전해지고, 조선 후기 시인 조수삼의 〈추재집〉에 심청전을 읽었다는 내용이 들어 있기 때문이다.

이후 19세기 들어 널리 보급되었다. 특히 힘없는 백성들과 부녀자들 사이에 인기를 끌었다. 아마도 가슴을 울리는 이야기이면서 동시에 희망을 주는 이야기였기에 사랑받을 수 있었을 것이다.

심청과 심 봉사는 사회의 약자였다. 약자였기에 공양미 삼백 석에 목숨을 내놓아야 했고, 딸을 제물로 떠나보내야 했다. 하지만 이런 고통 앞에서도 두 사람은 무릎 꿇지 않았고, 선한 마음도 잃지 않았다.

결국 심청은 황후가 되고 심 봉사는 눈을 뜬다. 이 감격적인 장면에 많은 약자들은 박수를 쳤을 것이다. 그리고 언젠가는 힘겨운 삶에서 벗어날 수 있을 뿐아니라 보상도 받을 수 있으리라는 희망을 품었을 것이다. 심청전이 인기를 끌던 그 시절, 조선에는 강자보다 약자가 더 많았다. 그들의 이름은 백성이었다.

Q 심청전은 판소리계 소설이에요. 판소리계 소설은 무엇일까요?

A 판소리는 직업적인 소리꾼이 고수의 북 장단에 맞춰 하나의 이야기를 소리로 부르는 민속 예술이다. 그리고 이 판소리의 이야기를 바탕으로 쓴 고전소설을 판소리계 소설이라 한다. 고전소설이 목판본으로 출판된 것은 18세기부터인데, 이 무렵 많은 인기를 누리던 판소리가 한글소설로 정리되어 정착되었다. 판소리 심청가가 〈심청전〉으로 자리 잡은 것처럼 춘향가는 〈춘향전〉으로, 박타령(흥보가)은 〈흥부전〉, 수궁가는 〈토끼전(별주부전)〉, 배비장타령은 〈배비장전〉, 옹고집타령은 〈옹고집전〉으로 자리 잡았다.

판소리가 소설로 전환된 이유 중 하나는 판소리의 시간적, 공간적 제약 때문이다. 판소리는 소리판이 벌어지고 있는 현장에 참석해야만 감상이 가능한 현장 예술이기 때문에 이러한 제한을 극복하기 위해서는 장소와 시간에 구애받지 않는 전달방식이 필요했다. 그 때문에 소설로의 전환이 이루어졌다 할 수 있다. 또한 때에 따라 소리꾼에 의해 공연이 부분적으로 이루어지자 다른 부분이나 전체 내용을 감상하고자 하는 사람들의 욕구가 소설을 발생시켰다. 여기에 책을 읽어 주는 사람(강독사), 책을 빌려주는 사람(세책가), 책을 인쇄하는 사람(방각본업자)의 상업적 목적과 맞물려 기록물로 인쇄된 것이다.

판소리가 소설로 정착하는 과정에서 판소리의 대본이라 할 수 있는 창본의 내용은 그대로 옮겨지기도 하고 줄어들거나 늘어나기도 했다. 바로 이 때문에 다양한 이본(異本)이 나타나게 된 것이다.

Q 심 봉사의 부인 곽씨의 장례를 치를 때 상두꾼은 구슬프게 상
　　두가를 불렀어요. 상두가는 왜 부르는 걸까요?

A 상두가는 우리의 장례 문화를 알려주는 구전 민요이다. 국어사전에서는 상두가
　의 표준말을 '상엿소리', '상여가' 등으로 정의한다. 그렇다고 '상두가'가 틀린 표
　현만은 아니다. 실생활에서는 상두가라는 말을 종종 사용했다. 심청전에도 '상
　두가'라 표기되어 있다. 상엿소리란 상여가 나갈 때 상여꾼이 저승길을 가는 혼
　령을 달래기 위해 부르는 소리(노래)다. 그런데 상여 앞, 곧 상여의 '머리'에 선
　상여꾼이 주도해서 부르기 때문에 상두가라 표현한 것이다. 상두가의 '두'는 머
　리를 뜻하는 '머리 두(頭)'자이다.
　상여는 보통 가마와 비슷하게 생겼다. 큰 상여는 12명 또는 24명이 메기도 한
　다. 옛날에는 마을마다 공동으로 쓰는 상여가 있었다. 마을 옆이나 산 밑에 상
　엿집을 만들어 상여를 보관했다.

Q 심청전의 배경이 되는 지역은 어디일까요?

A 〈심청전〉의 배경이 어디인지는 정확하지 않다. 〈심청전〉이 구전으로 전하던 이야기가 정착된 소설이라는 점이나, 소설의 허구적인 성격을 고려하면 이야기 속의 지역적인 배경을 따져보는 것이 무의미한 것일 수도 있다. 하지만 처음 이야기가 발생한 지역적인 특성이 소설에 반영될 수 있다는 점을 고려할 때 심청전의 배경으로 추측되는 지역이 있다.

우선 가장 오랫동안 〈심청전〉의 무대로 여겨진 곳은 백령도와 그 일대이다. 백령도는 인천광역시 옹진군 백령면에 속한 서해 최북단에 자리한 섬이다. 백령도의 북쪽에 황해도 황주라는 지역이 있는데, 이곳이 이야기 속에 등장하는 심청의 고향인 황주 도화동이라는 것이다. 또한 백령도에서 북쪽으로 약 14km 떨어진 곳에 장산곶이라는 지역이 있고, 백령도와 장산곶 사이에 두무진이란 포구가 있는데, 이곳에서 15km쯤 나아간 바다가 바로 인당수라고 한다. 백령도 사람들은 이 바다를 인당수 또는 임당수라고 부르는데, 옛날부터 물살이 세고 험한 곳으로 어부들에게 악명이 높았다고 한다.

한편 전라남도 곡성이 〈심청전〉의 본고장이라는 주장도 있다. 이 주장은 곡성 관음사의 역사책인 〈관음사사적기〉에 실린 원홍장 설화를 근거로 제시한다. 원홍장 설화는 삼국 시대에 백제 처녀인 원홍장이 중국 사람들에게 팔려간 뒤 불상을 만들어 보내 아버지의 눈을 뜨게 했다는 내용이다. 이야기 속에서 원홍장은 진나라 황제의 황후가 된다. 이렇듯 심청전과 여러 모로 비슷한 점이 많기 때문에 원홍장 설화를 심청전의 뿌리라고 주장하는 것이다. 이러한 주장을 펼치는 학자들은 변산반도 격포 앞바다의 임수도를 인당수로 추정한다. 또한 원홍장이 역사책에 기록된 인물이기에 심청이 실존 인물일 수 있다는 가능성도 제기한다.

그렇다면 진짜 심청의 무대는 어디일까? 백령도일 수도 있고, 전남 곡성일 수도 있다. 우리가 모르는 새로운 지역일 수도 있다. 심청전의 뿌리가 되는 효녀 이야기들이 곳곳에 수두룩하기 때문이다. 따라서 어느 한쪽의 주장에 손을 들어 주기는 어렵다.

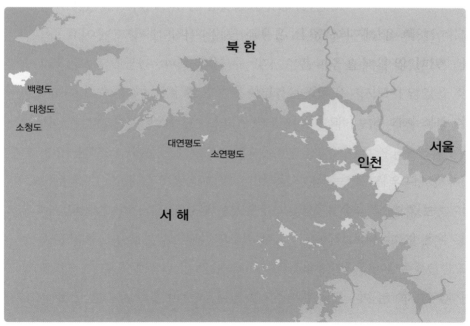

백령도 부근의 지도

129

Q 심청은 인당수에 제물로 바쳐지는 대가로 공양미 삼백 석을 받
았어요. 공양미 삼백 석은 얼마나 될까요?

A 석(石)은 곡식, 가루, 액체 따위의 부피를 잴 때 쓰는 단위다. 한 석은 약 180ℓ
에 해당한다. 석 외에도 부피를 재는 단위에는 말, 되, 홉 등이 있다. 열 홉은
한 되, 열 되는 한 말, 열 말은 한 석이다. 석은 우리말로 '섬'이라고도 하는데 섬
은 짚으로 엮은 가마니다. 다시 말해 부피가 180ℓ 되는 가마니 하나가 한 석인 것
이다. 쌀 한 석의 무게는 보통 144kg이다. 따라서 공양미 삼백 석의 양은 144kg×
300석=43,200kg, 곧 43.2톤에 달한다.

Q 인당수에 빠진 심청은 용왕이 사는 용궁에서 지냈어요. 용왕은
어떤 왕일까요?

A 용은 봉황, 거북, 기린과 함께 신령스러운 4대 영물로 손꼽힌다. 이 전설 속의
동물인 용을 신격화한 것이 바로 용왕이다. 용왕은 물을 다스린다. 바다, 호수,
하천, 우물 등 모든 물에는 용왕의 힘이 미친다. 비를 내리고 홍수를 일으키는
것도 용왕의 능력이다. 물은 사람의 생활에 꼭 필요한 것이기에 예부터 용왕은
섬김의 대상이 되어 왔다. 민간에서는 용신제, 용신굿 등이 행해졌다.

Q 인당수에 빠진 뒤 용궁에서 지내던 심청은 연꽃을 타고 다시 인
간 세상으로 돌아왔어요. 그런데 왜 하필 연꽃일까요? 연꽃에
는 어떤 의미가 담겨 있는 걸까요?

A 심청이가 황후로 환생한 것은 효도에 대한 보상으로 볼 수 있다. 착한 일을 하
면 상, 나쁜 일을 하면 벌을 받는다는 인과응보적인 환생은 불교의 교리다. 불
교에서 연꽃은 환생을 상징한다. 부처를 상징하기도 한다. 심청이 연꽃을 타고
환생을 하는 것은 심청전이 불교적 성격을 일부 띠고 있는 소설이기 때문이다.

연꽃

Q 뺑덕어미는 심 봉사의 재산 중 삼백 냥을 살구값에 다 써버렸
어요. 살구는 어떤 과일일까요?

A 살구는 살구나무의 열매로, 사람이 먹을 수 있는 과일이다. 씨는 한약재로 쓰이
기도 한다. 살구는 보통 노란빛이거나 노란빛이 섞인 붉은빛이다. 7월 무렵에 열
리는 이 과일의 크기는 지름 약 3cm 정도다. 표면에 보드라운 솜털이 돋아 있다.
신맛과 단맛이 어우러진 독특한 맛이 나는데, 이 맛은 상큼함을 느끼게 한다.
살구의 원산지는 아시아 동부로 우리나라에 처음 전해진 시기는 분명히 알 수 없
다. 중부 지방 이북에는 삼국 시대 이전부터 있었을 것으로 보인다. 살구는 피부
미용, 천식, 기관지염 등에 좋다고 알려져 있다. 최근에는 암을 치료하는 항암 기
능이 있는 성분도 발견되었다.

살구나무의 열매인 살구

Q 뺑덕어미는 심 봉사가 귀덕어멈에게 맡긴 돈을 팥죽값으로 쓰
기도 했어요. 팥죽은 어떤 음식일까요?

A 팥죽은 붉은팥을 삶아서 거른 팥물에 쌀을 넣어 쑨 죽으로 한 해 중 낮이 가장
짧고 밤이 가장 긴 동짓날에 먹는 절식(명절에 따로 차려 먹는 음식)이다. 팥죽의
붉은색이 나쁜 기운을 쫓는다는 믿음 때문에 먹는 것인데, 왜 하필 동짓날 먹는
것일까? 그 까닭은 24절기 중 하나인 동지를 '작은 설날'이라 부를 만큼 중요하게
여기기 때문이다.

동짓날에 팥죽을 쑤어 먹는 풍습은 중국에서 비롯된 것으로 알려져 있다. 옛 중
국에 공공(共工)이라는 사람의 아들이 동짓날에 세상을 떠나 역귀가 되었다. 그
는 살아 있을 때 팥을 싫어했는데, 역귀가 된 그를 팥죽으로 물리쳤다는 기록이
있다. 이후 사람들은 팥죽을 쑤어 역귀를 쫓아냈다고 한다.

중국의 팥죽

133

Q 장 승상 부인은 심청에게 수양딸을 삼고 싶다고 말했어요. 하지만 심청은 장 승상 부인의 청을 거절했어요. 그 까닭은 무엇일까요?

A

Q 심 봉사는 딸 심청이 큰 수레를 타고 먼 곳으로 가는 꿈을 꾸었어요. 이 꿈이 의미하는 바는 무엇일까요?

A

Q 공양미 삼백 석에 눈을 뜰 수 있다는 말에 심 봉사는 자신의 형편도 잊고 덜컥 삼백 석을 마련하겠다고 해요. 이런 심 봉사의 마음을 헤아려 보세요.

> 심 봉사는 눈 뜬다는 말이 반가워서 자신의 처지를 잊고 서둘러 말했다.
> "여보시오, 대사! 권선문에 내 이름과 공양미 삼백 석을 적어 주시오."
> 화주승이 허허 웃으며 대답했다.
> "권선문에 적는 것은 어렵지 않으나, 댁의 가세를 보아 하니 공양미 삼백 석을 마련하기는 어려울 것 같소. 부처님과의 약속을 어기면 화를 입을 수도 있소이다."
> 그 말에 심 봉사는 벌컥 화가 치밀었다.
> "사람을 그리 몰라보시오! 어떤 실없는 놈이 부처님 앞에 빈말을 하겠소. 그랬다간 눈도 못 뜨고 앉은뱅이 되지! 사람 업신여기지 말고 당장 적으시오."
> 화주승이 또 허허 웃고 권선문을 펼쳤다.
> "제일 윗줄에 큼지막하게 써 주리다. '심학규 쌀 삼백 석'."
> "똑바로 적었소?"
> "여부가 있겠소."

A

Q 다음 글은 심청이 인당수에 빠지기 직전의 모습을 묘사한 부분이에요. 아버지를 위해 인당수에 뛰어들겠다고 단단히 다짐한 심청이지만 막상 인당수에 다다르자 겁먹은 모습을 보이기도 해요. 지은이는 읽는 이에게 안타까움을 자아내려고 이런 상황을 그려냈는지도 몰라요. 어쩌면 이런 모습이 평범한 사람들의 반응일 수 있으니까요. 여러분은 심청의 모습에서 어떤 감정을 느끼나요?

> 드디어 인당수로 뛰어들기로 결심한 심청은 일어서서 한 발짝 앞으로 나아갔다. 그러나 막상 시커먼 바닷물을 내려다보자 덜컥 겁이 났다. 심청은 부들부들 떨다가 철퍼덕 주저앉고 말았다. 뱃사람들은 그 모습에 탄식을 내뱉으면서도 어서 뛰어들라며 아우성을 쳤다.
>
> 심청이 다시 비틀거리며 일어섰다.
>
> "여보시오, 선인네들. 평안히 가시오. 억만금 돈을 벌어 이 물가를 지나거든 나의 혼백 불러내어 위로해 주고, 아버지 소식 좀 전해 주오."
>
> 심청은 눈을 질끈 감고,
>
> "아버지 나 죽소. 어서 눈을 뜨소서!"
>
> 애달프게 외치고는 치마를 폭 뒤집어썼다.

A

Q [보기]에서 제시한 상황을 참고하여 읽는 이가 안타까움을 느낄 수 있도록 묘사해 보세요.

> **보기**
>
> 영태 아저씨는 마음씨 착한 소방관이다. ▶ 어느 날 아저씨는 화재 신고를 받고 불을 끄러 갔다. ▶ 불이 난 집 안에서 한 어린아이가 살려달라고 소리쳤다. ▶ 아저씨는 아이를 구하기 위해 불속으로 뛰어들려고 마음먹었다. 하지만 막상 불 앞에서 용기를 잃고 주저앉았다. ▶ 가까스로 용기를 낸 아저씨는 마침내 불길을 헤치고 무사히 아이를 구했다.

※ 다른 상황, 또는 개인적으로 체험한 일을 소재로 묘사해도 좋아요.

A

안녕하세요.
난 청이 엄마예요.

곽씨 부인과 함께 읽기

여러분, 난 심 봉사의 아내 곽씨 부인이에요. 우리 딸 심청이의 이야기를 읽어 줘서 고마워요. 청이를 얻기 위해 온갖 정성을 들였던 기억이 떠오르네요.

> 그날부터 곽씨는 품 팔아 모은 돈으로 온갖 정성 다 들였다. 목욕재계 기도하고, 이름난 산, 신령한 절을 수소문하여 찾아다녔다. 집에서는 성주신과 조왕신, 조상님께도 빌었다.

이렇게 간절한 기도 끝에 청이를 임신할 수 있었지요.

말 나온 김에 우리 민간 신앙인 기자신앙에 대해 알려줄게요.

기자신앙이란, 자식, 특히 아들 낳기를 기원하는 신앙이에요. 당연히 자식이 없는 집안에서 주로 행했겠지요? 그런데 왜 아들 낳기를 더 기원했을까요? 옛날에는 남자를 여자보다 더 귀하게 여겼어요. 농사짓기, 사냥, 전쟁 등 남자들이 해야 할 일이 많았거든요. 특히 조선 시대에는 아들만이 대를 이을 수 있었기에 더욱 아들을 선호했어요.

그럼 자식을 낳기 위해 누구에게 기원했을까요? 나처럼 이름난 산에서 산신에게 빌고, 신령한 절에서 부처님에게 빌고, 성주신, 조왕신, 조상님에게 빌었지요. 대개는 삼신에게 먼저 빌었어요. 삼신은 아기를 갖게 해 주고 산모와 아기를 돌보는 신이에요.

바위에 빌기도 했어요. 이렇게 자식 얻기를 기원하는 마음을 담은 바위를 기자암이라고 해요. 기자암 중에는 신기하게도 남녀의 생식기와 비슷하게 생긴 것이 많아요.

남자의 생식기를 닮은 바위에게는 아들 낳기를 기원하고, 여자의 생식기를 닮은 바위에게는 딸을 낳기를 기원했겠죠?

재미있는 풍습도 많았어요. 먼저 '달먹기'를 꼽을 수 있어요. 달먹기란 달을 보면서 숨을 크게 들이마시는 일이에요. 그럼 달의 기운이 몸 속에 들어와 아기가 생긴다고 믿었어요. 달은 예로부터 여성 또는 여성의 기운을 상징했거든요.

이밖에도 아들 낳은 여자의 속옷 얻어 입기, 사내아이를 나타내는 은도끼 차고 다니기 등 민간에서는 여러 가지 풍습이 널리 행해졌답니다.

기자신앙 이야기 재미있었어요? 엄마들에게 아이를 갖는 일은 예나 지금이나 큰 기쁨이에요. 여러분의 엄마들도 여러분이 배 속에 살고 있는 걸 알았을 때 무척 기뻤을 거예요. 여러분의 엄마들은 여러분을 무척 사랑한답니다.

그럼 한 가지만 물어볼게요. 솔직히 나는 청이가 딸이어서 섭섭한 마음도 살짝 있었어요. 그래서 남편인 심 봉사에게 늘그막에 얻은 자식이 하필 딸이냐는 말도 했지요. 내가 이런 마음을 먹은 것에 대해 여러분은 어떻게 생각하나요?

139

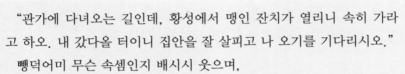

안녕하시오.
욕심 많은 뺑덕어미요.

뺑덕어미와 함께 읽기

심 봉사의 등골을 빼먹었던 뺑덕어미요. 날 너무 미워하진 마시오. 다 먹고살기 위해서 심 봉사에게 신세 좀 진 거니까. 그래도 심 봉사에게 밥도 지어 바치고, 집 청소도 하고, 아내로서 할 도리는 다했소.

> "관가에 다녀오는 길인데, 황성에서 맹인 잔치가 열리니 속히 가라고 하오. 내 갔다올 터이니 집안을 잘 살피고 나 오기를 기다리시오."
> 뺑덕어미 무슨 속셈인지 배시시 웃으며,
> "여필종부라 하지 않았소. 서방 가는 데 마누라가 아니 따라갈까. 나도 같이 가겠소."

심 봉사가 맹인 잔치에 혼자 간다고 했을 때, 나는 여필종부의 도리를 내세우며 함께 따라간다고 했소. 이래도 내가 나쁘기만 한가?

여필종부는 아내는 반드시 남편을 따라야 한다는 말이오.

'여자 여(女)', '반드시 필(必)', '따를 종(從)', '지아비 부(夫)'.

이렇게 네 글자로 이루어진 사자성어지.

그런데 이게 단순한 사자성어가 아니오. 여필종부는 조선 시대의 사회 규범이나 다름없었소. 조선 시대는 남자는 귀하고 여자는 천하다는 남존여비 사상이 널리 퍼져 있던 때라 이런 규범으로 여자들을 규제했지.

삼종지도란 사자성어도 있는데, 이것도 여자들을 규제하는 사회 규범이었소. 삼

종지도는 여자가 따라야 할 세 가지 도리를 이르는 말이지. 그 세 가지 도리란 여자는 어려서는 아버지를, 결혼해서는 남편을, 남편이 죽은 후에는 자식을 따라야 한다는 것이오. 어찌 보면 여필종부보다 더 심하구먼.

여하튼 이러한 규범들과 남존여비 사상은 조선 중기 이후 더욱 강화되었소. 왜냐하면 이 시기에 여자는 재산을 상속할 수 없도록 하는 법이 생겨났거든. 돈이 없으면 사람이 움츠러들 듯이 여자들의 지위는 더욱 낮아졌지. 이러니 내가 울화통이 안 터지겠소?

사실 나한테 심 봉사의 재산을 빼앗은 잘못은 있소. 황 봉사 때문에 심 봉사를 버리고 보따리까지 챙겨 도망간 것 또한 잘못이지. 그건 나도 인정하오. 하지만 말했듯이 다 먹고살기 위해서였소. 심 봉사만 바라보다간 굶어죽을 판이니, 심 봉사한테 붙어 있을 수만은 없었지. 더구나 여자들이 차별받는 세상에서 딱히 할 수 있는 일도 없고…….

내가 진짜 잘못한 거요? 여러분들의 생각을 듣고 싶소.

➡

안녕하세요.
심청이 아비 심 봉사요.

심 봉사와 함께 읽기

심청이 아비 심 봉사요. 내 눈 뜨겠다고 딸의 목숨을 공양미
삼백 석과 맞바꾼 못난 아비요. 내가 맹인만 아니었어도…….

안씨 부인의 여종이 날 안씨 부인에게 안내했을 때 난 이렇게
말했소.

> "이보시오. 혹시 이 집에 무슨 우환이 있소? 나는 봉사지만 점도 못
> 치고 경도 못 읽소."

뜬금없이 내가 왜 이런 말을 했는지 궁금했을 거요. 옛날에 맹인들이 어떻게 살
았는지 듣고 나면 궁금증이 풀릴 거요.

맹인들에게 가장 인기 있는 직업은 점쟁이였소. 그 이유는 크게 두 가지요. 사람
들은 우리가 앞을 보지 못하니 사악한 것도 보지 않을 것이고, 그래서 더 신통력이
있을 거라 믿었소. 또 하나는 점을 보러 오는 사람이 대개 부녀자라는 것이었소. 그
시절엔 남녀가 마음 놓고 한 자리에 있기 어려웠소. 하지만 우리는 부녀자의 얼굴
을 보지 못하기 때문에 제약이 덜했고, 덕분에 편하게 점을 쳐 줄 수 있었다오.

독경, 즉 경을 읽는 일도 했소. 누군가에게 경을 읽어 주며 그 사람의 재앙이 사
라지고 복이 오기를 빌어 주는 것이오. 다 우리에게 신통력이 있을 거라는 믿음 때
문에 가능한 일이었소. 그래서 우리 맹인들은 국가에서 쓰임을 받기도 했소. 대표
적인 것은 나라에서 기우제를 지낼 때요. 나라에서는 맹인들을 불러 독경을 하며
비가 오기를 빌게 했소. 지금의 서울 정동에 '명통시'라는 관청이 있었는데, 그곳에
서 이 기우제를 담당했소.

어떤 맹인들은 악사가 되어 악기를 연주했다오. 악사 중에는 나이가 많은 맹인들이 대부분이었소. 악기를 오랜 시간 연마해야 했기 때문에 젊은 맹인들은 악사라는 직업을 반기지 않았지. 또한 여성 맹인들은 춤추고 노래하는 일에 많이 종사하였소.

맹인들이 이런 직업을 가질 수 있었다고 해도 사실 나처럼 동냥에 의지했던 맹인들도 많았소. 맹인들은 대개 가난하게 살았다는 얘기요. 앞을 볼 수 없으니 당연히 책도 못 보고, 그러니 관직에 나아가는 건 꿈도 꿀 수 없었소. 요즘 세상처럼 사회보장 제도가 잘 되어 있기나 한가, 그저 막막했다오. 물론 내가 열심히 노력했다면 번듯한 직업을 가졌을지도 모르지만······.

종묘제례악 궁궐 제사 음악 중 하나인 종묘 제례악 연주 모습. 궁중 악사에는 맹인도 끼어 있었다.

부끄러우니 직업 이야기는 그만두고, 한 가지 물어봅시다. 여러분들은 점을 보는 것에 대해 어떻게 생각하오?

➡

친구들, 안녕!
난 심청이야.

심청이와 함께 읽기

친구들, 난 심청이야. 〈심청전〉 재미있었니? 〈심청전〉은 효도에 관한 이야기야. 그런데 희망을 심어 주는 이야기이기도 해. 아버지 심 봉사가 눈을 뜨고, 인당수에 빠졌던 내가 다시 살아나 황후가 된 일에 사람들은 기뻐해. '고생 끝에 낙이 온다.'라는 속담이 있는데, 나의 이야기를 통해 그 속담이 실현될 수 있다는 희망을 품는 것 같아.

여자 친구들이라면 내가 황후가 된 일에 더 호기심이 생길지도 모르겠어. 그래서 궁궐에서는 어떻게 혼례를 올렸는지 알려줄게.

> 천자는 흠천감에 혼인날을 정하라고 명했다. 흠천감에서는 오월 닷샛날로 날을 잡는 것이 좋겠다고 아뢰었다. 날을 받은 천자는 예부에 분부하여 가례를 준비시켰다.

이건 중국 왕실 이야기인데, 조선 왕실의 혼례 절차도 중국과 비슷했어. 왕의 혼례가 결정되면 다음과 같은 절차로 준비를 해.

가례 절차

① **금혼령과 처녀단자** 가례도감(중국의 예부에 해당)을 설치하여 전국에 처녀들의 결혼을 금지하는 금혼령을 내린다. 이후 처녀의 가문의 내력을 기록한 처녀단자를 관가에 내도록 한다.

② **간택** 처녀들을 궁궐로 불러들여 세 번에 걸친 심사 끝에 왕비가 될 처녀를 결정한다.

이를 간택이라고 한다. 간택에서 선발된 예비 신부는 혼례일까지 별궁에 머무른다.

③ **납채** 왕실에서 별궁에 결혼을 청하는 의식. 혼담을 나눈 뒤 예물과 사주(사람이 태어
난 연월일시. 이것으로 운수를 점치기도 한다)를 보낸다.

④ **납징(납폐)** 왕실에서 혼인의 징표로 별궁에 예물을 보내는 의식. 예물을 받은 신부 쪽
에서는 답서를 보낸다.

⑤ **고기** 왕실에서 길일을 택해 가례일자를 정한 뒤 별궁에 알리는 의식.

⑥ **책비(왕세자의 경우는 책빈)** 왕실에서 예비 신부에게 왕비의 봉작을 내리는 의식.

⑦ **친영** 신랑이 별궁에 가서 신부를 직접 맞이한 뒤 대궐로 돌아와서 혼례를 치르는 의식.

⑧ **동뢰** 신랑과 신부가 혼인을 마친 뒤 술잔을 나누는 의식. 동뢰를 마치면 가례 절차가
끝이 난다.

그래도 역시 효도에 관한 이야기를 빼놓을 수는 없겠지? 아무리 효도가 중요
하다고 해도 부모 허락 없이 목숨까지 포기하는 것은 옳지 않다고 하는 사람도
있어. 친구들은 나의 행동에 대해, 또 참된 효도에 대해 어떻게 생각하는지 궁
금해.

❖다음은 수원화성의 건설 배경을 알려주는 글이에요.

> 조선 제24대 임금 정조는 왕위에 오르자 아버지 사도 세자의 무덤 이름을 '수은묘'에서 '영우원'으로 바꾸었다. 몇 년 뒤에는 경기도 양주 배봉산에 있던 사도 세자의 무덤을 수원의 화산(지금의 경기도 화성)으로 옮겼다. 이곳이 명당으로 꼽혔기 때문이다. 이때 정조는 무덤 이름을 '영우원'에서 다시 '현륭원'으로 바꾸었다. 사도 세자의 높은 덕이 세상에 널리 드러나기를 바라는 마음에서 지은 이름이었다. 그 뒤 정조는 사도 세자에게 장조라는 임금의 칭호를 주고 무덤 이름을 '융릉'으로 높였다.
>
> 사도세자의 묘를 화산으로 옮기는 데 문제가 하나 있었다. 대대로 이곳에서 살아온 백성들이 삶의 터전을 잃어야 한다는 것이었다. 백성을 아꼈던 정조는 그들에게 살 곳을 마련해 줄 고민에 빠졌다. 고민 끝에 정조는 화산 백성들이 옮겨 갈 도시를 짓기로 했다. 팔달산 아래 신도시 화성을 건설하기로 한 것이다.

정조가 수원화성을 세운 목적은 임진왜란을 겪으며 수도 서울의 남쪽 방어기지의 필요성을 느꼈기 때문이기도 해요. 그러나 무엇보다도 효가 바탕이 되었다고 할 수 있지요. 임금도 효를 중요시했듯 조선 시대에는 효가 무척 중요한 사상이었어요. 세종은 〈삼강행실도〉란 책을 펴내 효도를 장려하기도 했어요. 이 책에는 모범이 될 만한 충신, 효자, 열녀의 이야기가 담겨 있어요.

수원화성은 총 길이 5.7㎞, 면적 1.2㎢에 달하는 거대한 성곽이자 계획도시예요. 그 가치를 인정받아 1997년 유네스코 세계 문화유산으로 선정되었어요. 수원화성을 짓는 데 결정적인 기여를 한 사람은 다산 정약용이에요. 그가 개발한 거중기는 무거운 돌을 척척 날랐어요. 덕분에 이 거대한 도시를 2년 만에 세울 수 있었어요. 1794년에 공사를 시작하여 1796년에 완공했지요.

Q 정조의 효성에 대해 어떤 느낌이 드는지 이야기해 보세요.

A
_____
_____
_____
_____

Q 심청이 정조 시대에 살았던 실제 인물이라고 상상해 볼까요? 만약 정조가 심청이 공양미 삼백 석에 남경 뱃사람들에게 팔려간다는 사실을 알았다면 어떻게 했을까요?

A
_____
_____
_____
_____

수원화성 장안문

❖ 다음은 '어버이날'을 설명하는 글이에요.

5월 8일은 어버이날이다. 이날은 우리나라의 공식 기념일이다. 어버이날을 기념일로 지정한 까닭은 대한민국 국민에게 효 사상을 고취시키고, 계승·발전시키기 위함이다.

어버이날의 시작은 '어머니날'이다. 1956년 국무회의에서 5월 8일을 어머니날로 지정했다. 이후 어머니날은 17년 동안 이어져 오다가 1973년에 어버이날로 다시 태어났다.

어버이날에는 정부에서 주관하는 공식 기념식은 물론 효행자 시상, 모범가정 시상 등 여러 기념행사가 열린다. 정부가 아닌 민간 차원에서도 효도관광, 효도잔치, 카네이션 달아드리기, 가족 노래자랑 등 훈훈한 행사가 많이 열린다. 부모에게 효도하고 어른을 공경하는 일이 우리의 미풍양속이기 때문인 것으로 보인다.

어버이날의 뿌리는 서양에서 비롯되었다. 그 뿌리는 두 가지다. 첫 번째 뿌리는 기독교의 절기인 사순절(예수가 부활한 '부활 주일' 전 40일 동안의 기간) 행사다. 사순절 첫날부터 넷째 주 일요일까지 어버이의 영혼에 감사하기 위해 교회를 찾는 영국과 그리스의 풍습에서 그 뿌리를 찾을 수 있다. 두 번째 뿌리는 1910년 무렵 미국의 한 여성이 어머니를 추모하기 위해 교회에서 흰 카네이션을 교인들에게 나누어 준 일이다. 이 일들을 계기로 미국의 제28대 대통령 토머스 우드로 윌슨은 5월의 둘째 주 일요일을 '어머니의 날'로 정했다. 지금도 미국에서는 5월 둘째 주 일요일에 각종 어머니의 날 행사가 열린다. 어머니가 살아 있는 사람은 빨간 카네이션을, 어머니가 죽은 사람은 흰 카네이션을 가슴에 달고 행사에 참가한다. 물론 자녀들은 어머니에게 선물도 한다.

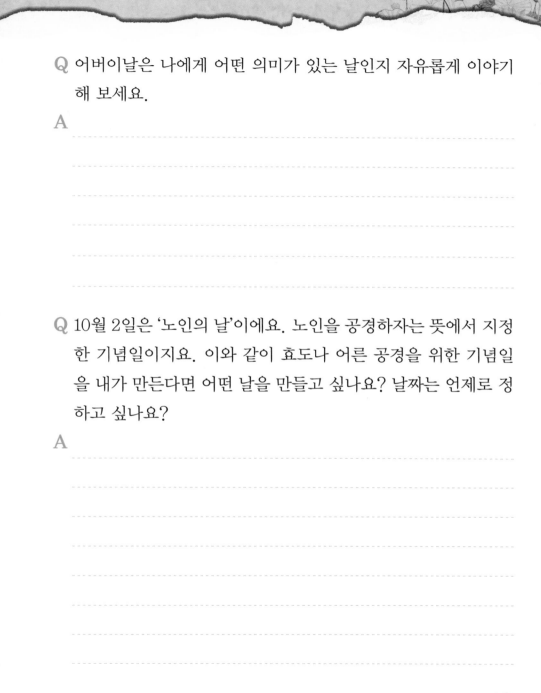

Q 어버이날은 나에게 어떤 의미가 있는 날인지 자유롭게 이야기
  해 보세요.

A

Q 10월 2일은 '노인의 날'이에요. 노인을 공경하자는 뜻에서 지정
  한 기념일이지요. 이와 같이 효도나 어른 공경을 위한 기념일
  을 내가 만든다면 어떤 날을 만들고 싶나요? 날짜는 언제로 정
  하고 싶나요?

A

❖ 효에 관한 속담이나 사자성어를 알아볼까요?

반포지효(反哺之孝) 反 되돌릴 반 / 哺 먹을 포 / 之 갈 지 / 孝 효도 효

→ 까마귀 새끼는 자라서 늙은 어미에게 먹이를 물어다 주어 효를 실천한다
  는 뜻이다. 이처럼 자식은 자란 후에 어버이의 은혜를 갚아야 한다는 것
  을 일깨우는 말이다.

사친이효(事親以孝) 事 일 사 / 親 친할 친 / 以 써 이 / 孝 효도 효

→ 신라 화랑의 다섯 가지 계율인 세속 오계의 한 계율이다. 어버이를 섬기
  기를 효도로써 하라는 뜻이다.

혼정신성(昏定晨省) 昏 어두울 혼 / 定 정할 정 / 晨 새벽 신 / 省 살필 성

→ 신라 화랑의 다섯 가지 계율인 세속 오계의 한 계율이다. 어버이를 섬기
  기를 효도로써 하라는 뜻이다.

망운지정(望雲之情) 望 바랄 망 / 雲 구름 운 / 之 갈 지 / 情 뜻 정

→ 자식이 객지에서 고향에 계신 어버이를 생각하는 마음.

부모가 온효자 되어야 자식이 반효자

→ 부모가 착해야 자식이 효자가 된다는 말.

매로 키운 자식이 효성 있다

→ 잘되라고 매로 때리고 꾸짖어 키우면 그 자식도 커서 그 공을 알아 효도
　를 하게 된다는 말.

긴병에 효자 없다

→ 부모가 병을 오래 앓으면 자식이 변함없이 효도하기 어렵다는 말인데,
　무슨 일이든 너무 오래 끌면 그 일에 대한 성의가 사라져서 소홀해짐을
　비유적으로 이르는 말이기도 하다. 비슷한 뜻의 속담으로 "삼 년 구병에
　불효 난다."라는 속담이 있다.

효부 없는 효자 없다

→ 며느리가 착하고 시부모께 효성스러워야 아들도 효도하게 된다는 말.

Q 효를 주제로 한 속담을 자유롭게 지어 보세요.
A

❖ 다음 글은 〈삼국사기〉에 등장하는 반굴이라는 화랑의 이야기예요.

> 가을 7월 9일 황산벌에서 김유신이 이끄는 신라군과 계백의 백제군이 전투를 벌였다. 김유신은 군사를 나누어 네 번이나 싸웠으나 승기를 잡지 못했다. 신라군은 힘이 빠지고 사기는 땅에 떨어졌다. 그러자 신라 장군 흠순이 아들 반굴에게 일렀다.
> "신하 노릇을 함에 충성만 한 것이 없고, 자식 노릇을 함에 효도만 한 것이 없다. 이러한 위급한 사태에 목숨을 바치면 충성과 효도 모두를 온전히 할 수 있는 것이다."
> 반굴이 대답했다.
> "삼가 분부를 받들겠습니다."
> 반굴은 적진으로 뛰어들어 힘껏 싸우다가 죽었다.
> – 〈삼국사기〉 신라본기 제5권 중에서

Q 화랑 반굴과 심청은 생명을 바쳐 효도를 실천한 인물이라는 공통점이 있어요. 그런데 반굴은 충성까지 실천했답니다. 아무리 충성과 효도가 중요하지만 생명을 바치는 일엔 큰 용기가 필요했을 거예요. 만약 여러분이 반굴이었다면 목숨을 바쳐 싸우라는 아버지의 말씀에 어떻게 행동했을까요?

A

Q 만약 심청이 황산벌 싸움터에 있었다면 반굴에게 어떤 말을 해
  주었을까요?

A

Q 충성과 효도 중 어떤 것이 더 중요하다고 생각하나요?

A

삼국사기

고려 시대에 지어진 고구려, 백제, 신라 삼국의 역사서이다. 1145년(인종 23) 임금의 명령을 받은 김부식의 주도 아래 편찬되었다. 구성은 크게 본기(本紀) 28권, 지(志) 9권, 연표(年表) 3권, 열전(列傳) 10권으로 이루어졌다. 본기는 역사책에서 왕의 사적을 기록한 부분이며, 지는 본기·열전 외에, 천문·지리·예악 따위를 기술한 부분이다. 연표는 말 그대로 역사상 발생한 사건을 연대순으로 배열하여 적은 표이다. 열전은 임금을 제외한 사람들의 전기를 차례로 적어 놓은 기록을 가리킨다.

Q 여러분이 심청이 되었다는 상상을 해 보세요. 여러분은 내일 아침이면 남경 뱃사람들과 인당수로 떠나야 해요. 이제 아버지 심 봉사에게 마지막 작별의 편지를 써 보세요.

A

Q 맹인 잔치에서 번쩍 눈을 뜬 심봉사는 심청을 만나 기뻐했어요.
그런데 갑자기 뺑덕어미가 나타났어요! 밑줄 친 문장 다음의 뒷
이야기를 자유롭게 써 보세요.

> "보인다!"
> "참말이세요? 아버지, 제가 보여요?"
> "네가 내 딸 청이냐? 이 심학규의 딸 청이란 말이냐?"
> "네, 아버지."
> 심 봉사, 아니 눈이 밝아진 심학규는 심청의 얼굴을 뚫어져라 쳐다보
> 았다. 선녀의 얼굴이었다. 사월 초파일밤, 꿈에 나타났던 그 선녀의 얼
> 굴이었다.
> "아이고, 청아!"
> 심학규는 딸을 얼싸안았다. 아비와 딸은 서로를 안은 채 펑펑 눈물을
> 뿌렸다. 그때 갑자기 뺑덕어미가 부녀 사이에 끼어들었다.
> <u>"영감, 내가 잘못을 뉘우치고 돌아왔소. 그래도 영감 곁에 내가 있어
> 야 할 것 같아서. 이 여인, 아니 황후마마가 당신 딸이오?"</u>

A

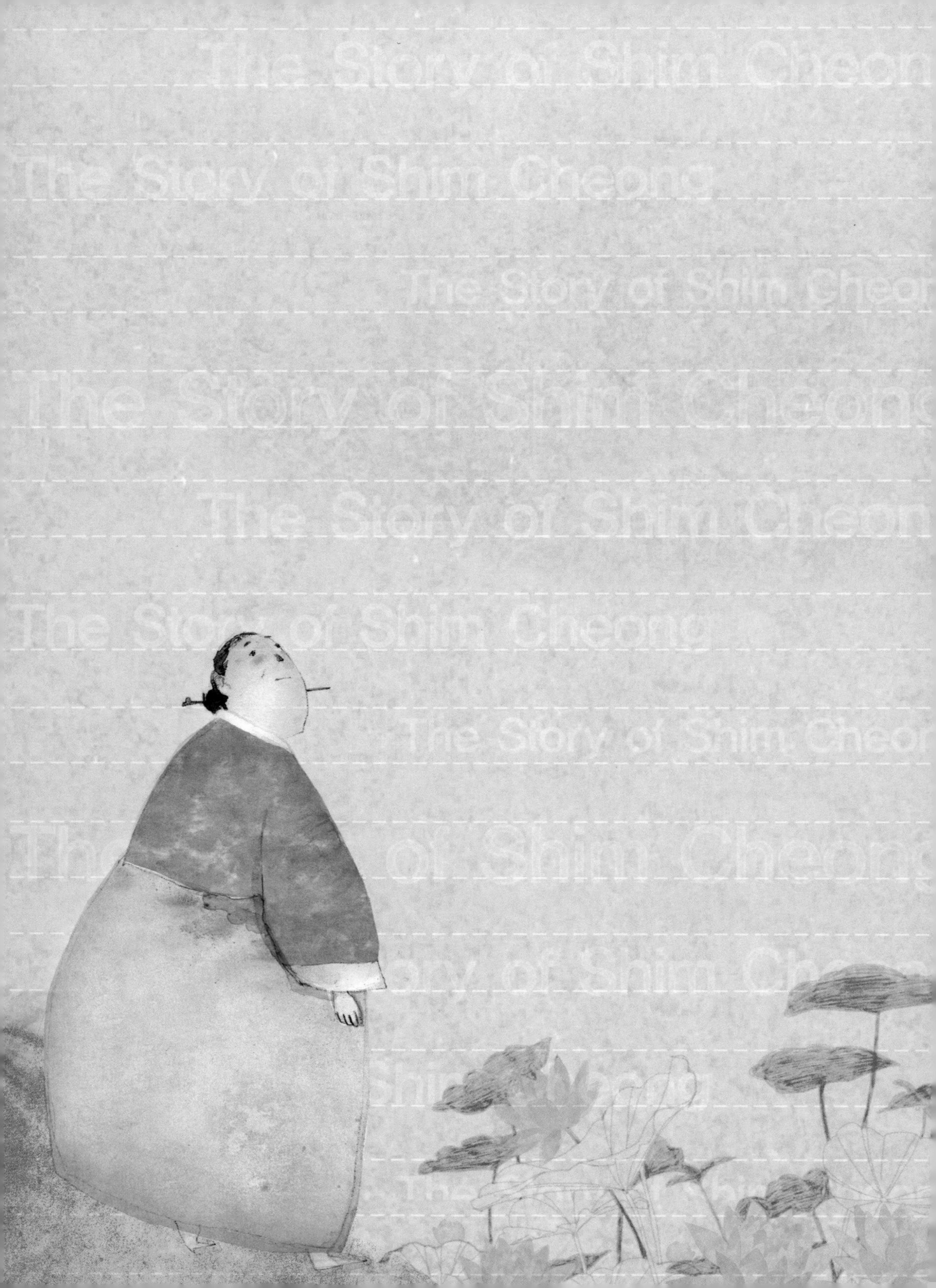

STEP 4

작품 넓게 되새기기

Q 〈STEP1-읽기 전 준비 운동〉에서 심청이 어떤 사람인지 예상해 보았어요. 이제 심청이 어떤 사람인지 자신의 예상과 비교해서 정리해 보세요. 심청에게 단점이 있다면 단점도 꼭 밝혀 주세요.

A

Q 여러분은 지금 영화감독이에요. 영화 〈심청전〉을 촬영할 계획이죠. 먼저 여자 주인공 심청을 누구에게 맡길지 결정해야 해요. 연예인이든 주변 사람이든 관계없어요. 알맞은 사람의 이름과 그 이유에 대해 말해 보세요.

A

Q 친구에게 심청을 소개하는 소개글을 써 보세요.

A

The Story of Shim Cheong

Q 〈STEP1-읽기 전 준비 운동〉에서 〈탈무드〉에 실린 '효도'라
는 이야기의 한 토막을 읽어 보았어요. 이 이야기의 뒷부분은
다음과 같아요. 이야기의 결말에 대해 어떻게 생각하는지 이야
기해 보세요.

> "감사합니다, 랍비님. 바로 다이아몬드를 내오겠습니다."
> 청년은 금고 열쇠를 가지러 아버지에게 갔다. 그런데 아버지가 열쇠가 놓인
> 베개를 벤 채 곤히 잠들어 있었다. 청년은 아버지가 깨기를 기다렸지만 한참
> 이 지나도 아버지는 깨지 않았다.
> 기다리다 지친 랍비가 청년을 불렀다.
> "다이아몬드는 언제 가져올 건가?"
> 그러자 청년이 나와 랍비에게 대답했다.
> "죄송합니다. 다이아몬드를 못 팔겠네요."
> "아니, 금화 6천 냥을 준다는데도 못 팔겠다는 건가? 이유가 뭔가?"
> "아버지가 금고 열쇠가 놓인 베개를 베고 주무시고 계십니다. 곤히 잠드셔
> 서 깨울 수가 없습니다."
> "잠깐 깨우는 것도 안 되나?"
> 청년은 아버지가 깰까 봐 조용히 대답했다.
> "죄송하지만 그럴 수가 없습니다. 금화 6천 냥도 중요하지만 아버지는 그 돈
> 보다 더 귀한 분이시거든요."
> 그 말에 랍비가 흐뭇하게 웃었다.
> "자네야말로 진정한 효자로군. 내 양보하겠네."
> 랍비는 미소를 머금은 채 돌아갔다.

A
- -
- -
- -

Q 〈심청전〉을 읽으면서 심청의 생김새를 상상해 보았나요? 자신
이 상상했던 심청의 초상화를 그려 보세요.

A

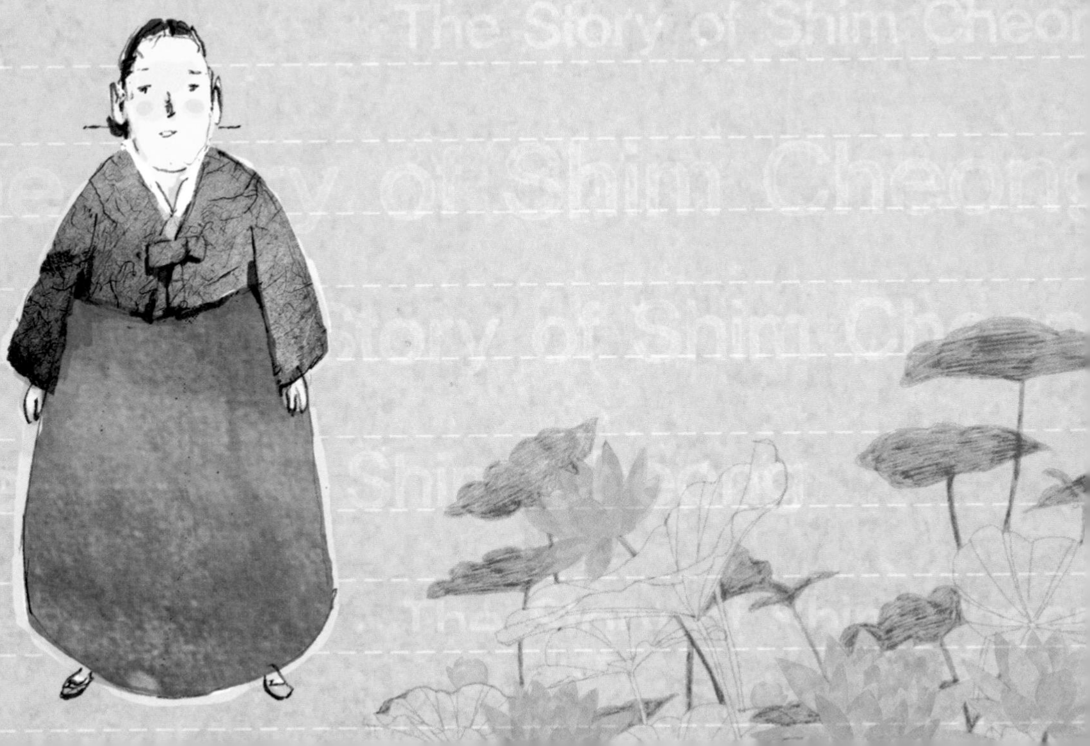

GUIDE

생각 도우미

134쪽 장 승상 부인은 심청에게 수양딸을 삼고 싶다고 말했어요. 하지만 심청은 장 승상 부인의 청을 거절했어요. 그 까닭은 무엇일까요?

[실마리] 심청은 아버지 심 봉사에 대한 효성이 지극하다.

[도우미의 생각] 심청은 눈 먼 아버지 심 봉사를 모시는 게 자식 된 도리라고 생각했다. 심 봉사 곁에는 딸 심청뿐이었고, 심청이 곁에서 모시지 않으면 심 봉사는 하루도 살아가기 어려운 처지였다. 그래서 심청은 장 승상 부인에게 다음과 같이 말하며 분명히 거절했다.

"저를 어여삐 여겨 주시니 몸 둘 바를 모르겠습니다. 하오나 저 낳은 지 칠 일 만에 어머니가 세상 버리시고, 앞 못 보는 아버지가 젖동냥하여 저를 길러 주셨습니다. 제가 존귀하신 승상 부인 댁에 오게 되면 제 한 몸은 호강하겠으나, 저희 아버지는 누가 돌봅니까. 진지와 음식은 어느 누가 챙겨 드리겠습니까. 승상 부인 뵙고 어머니를 다시 뵌 듯 기쁘지만 그 말씀은 거두어 주십시오. 저는 아버지 슬하를 잠시라도 떠날 수 없습니다."

134쪽 심 봉사는 딸 심청이 큰 수레를 타고 먼 곳으로 가는 꿈을 꾸었어요. 이 꿈이 의미하는 바는 무엇일까요?

[실마리] 심청은 심 봉사에게 공양미 삼백 석에 팔려가는 사실을 숨기고 있다.

[도우미의 생각] 심청은 아버지에게 장 승상 부인 댁에 수양딸로 가는 조건으로 공양미 삼백 석을 받았다고 말했다. 그 말을 믿은 심 봉사는 자신의 꿈이 장 승상 부인 댁에서 심청을 가마를 태워 데려가는 꿈이라고 생각했

다. 그러나 심청은 인당수에 빠져 죽을 운명이었다. 그래서 심청은 아버지의 꿈이 자기가 죽는 꿈이라고 믿었다.

135쪽 공양미 삼백 석에 눈을 뜰 수 있다는 말에 심 봉사는 자신의 형편도 잊고 덜컥 삼백 석을 마련하겠다고 해요. 이런 심 봉사의 마음을 헤아려 보세요.

[실마리] 눈을 뜨는 것은 심 봉사가 가장 바라는 일이다.

[도우미의 생각] 심 봉사는 눈을 뜨는 것이 평생의 소원이었다. 하지만 맹인이 눈을 뜨는 일은 사람의 힘으로 되지 않는 것이다. 심 봉사가 눈을 뜰 수 있는 방법은 사실 없었다. 그저 신세를 한탄하고 체념하며 살 수밖에 없었다. 그런데 공양미 삼백 석만 있다면 눈을 뜰 수 있다고 한다. 아무런 방법이 없었는데, 방법이 생긴 것이다. 심 봉사로서는 당연히 그 방법을 포기하고 싶지 않았을 것이다. 평생의 소원을 이룰 방법을 알았는데, 그 누가 포기하고 싶겠는가. 심 봉사는 방법을 알게 되어 뛸 듯이 기뻤고, 그 방법을 손에 넣길 간절히 바랐다. 그래서 공양미 삼백 석을 마련할 수 없는 자신의 형편을 깜빡 잊었을 수도 있다. 평생의 소원을 이루고 싶은 마음이 모든 것에 앞선다면 충분히 그럴 수 있다.

어쩌면 자신의 형편을 일부러 잊고 싶었거나 인정하고 싶지 않았을 수도 있다. 그래서 어떻게든 되겠지, 어떻게든 할 수 있겠지 하는 마음으로 덥석 권선문에 이름을 올렸을 수도 있다. 일단 저질러 보고 나중에 대책을 세워 보려는 행동은 누구나 한 번쯤 경험해 보지 않았을까.

138쪽 곽씨 부인과 함께 읽기

[실마리] 심청이 살던 시대와 우리가 사는 시대는 다르다.

[도우미의 생각] 조선 시대에는 아들만이 집안의 대를 이을 수 있었다. 딸은 시집을 가서 시댁의 식구로 살아야 할 운명이었다. 가문과 혈족에 큰 의미를 둔 조선 사회에서 집안의 대를 잇는 것은 엄청나게 중요한 일이었다. 따라서 이 일을 감당할 아들을 선호할 수밖에 없었다.

남자들에게만 열려 있는 사회의 문도 아들 선호 풍조를 부추겼다. 그 시절 관직에 나아갈 수 있는 자격은 사실상 남자에게만 주어졌다. 조선 사회에서 관직에 나아간다는 것은 큰 의미가 있었다. 단순히 한 사람이 직업을 구해 사회 활동을 하고 생계를 유지하는 것에 그치지 않았다. 관직은 한 집안에 명예와 권력을 가져다주고, 가세에도 큰 영향을 미쳤다. 조선은 신분의 높낮이가 존재하는 사회였기에 관직이 낮은 집안은 힘을 쓸 수 없었다. 부를 쌓기도 어려웠다.

심 봉사의 집안을 살펴보면 곽씨 부인이 왜 아들을 원했는지 이해할 수 있을 것이다. 본래 심 봉사의 집안은 대대로 벼슬을 지낸 뼈대 있는 가문이었다. 그런데 벼슬길이 끊어지고 가세까지 기울고 말았다. 벼슬길에 나아가 가세를 다시 세울 수 있는 길은 아들을 낳는 것뿐이었다. 그래서 곽씨는 아들을 심 봉사에게 안겨 주고 싶었을 것이다.

하지만 이제는 시대가 달라졌다. 남자와 여자가 공평하게 능력을 발휘할 수 있는 사회 분위기가 많이 조성되었다. 집안의 대를 잇는 것에도 예전만큼 큰 의미를 두지 않는다. 가문이 힘을 쓸 수 있는 사회 분위기도 아니다.

이처럼 예전과 많은 것이 달라졌으니, 묵은 인식을 바꾸는 것이 필요하다. 이 세상은 남자와 여자가 더불어 살아가는 곳이다. 서로 존중하는 마음이 우선되어야 한다. 또한 단정 짓기는 어렵지만 남자는 남자만의, 여자는 여자만의 장점과 단점이 있다고 본다. 남자와 여자가 서로의 장점을 살려 주고, 또 서로의 단점을 보완해 주며 돕고 살아간다면 우리 사회는 더 발전할 것이고 더 행복해질 것이다. 이러한 인식이 널리 퍼진다면 딸을 낳았다고 섭섭해하는 일은 사라지지 않을까?

140쪽 뺑덕어미와 함께 읽기

[실마리] 뺑덕어미의 가장 큰 잘못은 무엇인가?

[도우미의 생각] 뺑덕어미의 가장 큰 잘못은 심 봉사의 재산을 빼앗으려고 의도적으로 접근한 것이라고 볼 수 있다. 이런 마음을 먹지 않았다면 심 봉사의 보따리까지 훔쳐 황 봉사를 따라가는 잘못은 저지르지 않았을 것이다. 남의 것을 빼앗으려는 마음은 죄의 씨앗이 되어 여러 가지 죄를 더 저지르게 만들었다.

이유가 무엇이든 남의 것을 빼앗으려는 마음 자체는 바르지 않다. 뺑덕어미는 먹고살기 위해서, 여자가 차별받는 사회에서 딱히 할 수 있는 일이 없어서 심 봉사에게 접근했다고 둘러댄다. 심 봉사의 보따리까지 훔쳐 황 봉사를 따라간 것도 같은 이유에서이다. 뺑덕어미의 처지에 손톱만큼도 동정이 안 가는 것은 아니다. 분명 뺑덕어미가 살던 시대는 여자가 혼자 생계를 이끌어 가기가 쉽지 않은 시대였다.

하지만 남의 것을 훔치거나 빼앗는 것 말고 다른 방법이 전혀 없었을까? 어느 시대, 어느 곳에나 형편이 어려운 사람은 있기 마련이다. 하지만 이들이 모두 뺑덕어미와 같은 방식으로 살아가지는 않는다. 돈을 빌려서 열심히 갚으면서 먹고살 길을 마련하는 사람도 있고, 가슴 아픈 이야기지만 구걸을 하는 사람도 있다. 뺑덕어미는 이런 사람들 앞에서도 자신이 잘못한 게 없다고 당당하게 말할 수 있을까?

142쪽 심 봉사와 함께 읽기

[실마리] 그 누구도 사람의 미래는 정확히 내다볼 수 없다.

[도우미의 생각] 누구나 미래를 걱정하고, 내일 무슨 일이 일어날지 궁금해한다. 이것이 사람들이 점을 보는 이유다. 그러나 사람의 능력으로 미래를 정확히 예측한다는 건 불가능하다. 아무리 뛰어난 점쟁이라고 해도 신이 아닌 이상 그런 일을 할 수 없다. 따라서 점을 본 결과에 지나치게 의존하는 것은 어리석은 행동이다. 좋은 점괘만 믿고 노력을 게을리하거나, 나쁜 점괘에 빠져 개선하고자 하는 의욕을 잃는다면 행복한 삶과는 거리가 멀어질 것이다.

그렇다고 점을 보는 일이 나쁜 면만 있는 것은 아니다. 만약 실의에 빠졌던 사람이 좋은 점괘가 나온다면 긍정적인 마음과 새 힘을 얻을 수 있을 것이다. 반대로 매사에 자신만만하던 사람이 좋지 않은 점괘가 나온다면 침착함과 신중함을 갖출 수 있을 것이다.

이런 면들로 미루어 볼 때 점을 보는 일 자체는 좋다고도 나쁘다고도 단

정 짓기 어렵다. 다만 점에 지나치게 의존하는 태도는 문제가 있다.

144쪽 심청이와 함께 읽기

[실마리] 효도와 생명 중 어떤 것이 더 소중할까?

[도우미의 생각] 조선 시대는 임금을 향한 충, 부모를 향한 효, 곧 충효사상을 강조하는 시대였다. 그중에서도 더 우선시되는 덕목은 충이었다. 그런데 임금에게 충성하기는 그리 쉬운 일이 아니었다. 때로는 임금을 위해 목숨도 아낌없이 내놓아야 했기 때문이다. 목숨을 바치는 일은 누구에게든 어려운 일이다. 이 어려운 일을 척척 해내는 백성들이 임금과 임금이 다스리는 나라에는 필요했다.

그렇다면 왜 효를 나란히 강조했을까. 효는 나라에서 강조하지 않아도 꼭 필요한 덕목이다. 자식이 부모에게 효도하는 것은 당연한 도리다. 하지만 조선 왕조가 효를 강조한 의도를 순수하게만 보기는 조금 어렵다. 그들에게는 효를 충을 이루기 위한 바탕으로 사용한 혐의가 있다. 자신의 아버지를 섬기는 사람이 나라의 아버지인 임금도 섬기지 않겠는가.

부모라면 자식에게 효도를 기대할 것이다. 대놓고 강요하지는 않더라도 은근히 효도해 주기를 바랄 것이다. 그것이 부모 된 사람의 자연스러운 마음일 것이다. 하지만 평범한 부모는 '나라의 아버지'처럼 자식이 부모를 위해 목숨을 버리기를 원하지는 않을 것이다. 혹시 있더라도 아주 적은 수일 것이다. 자식이 목숨을 버린다고 하면 대개는 말릴 것이다. 자식의 죽음에 가슴 아파하지 않을 부모는 매우 드물다.

그런데 심청은 부모를 위해 목숨을 바쳤다. 충효사상을 강조한 조선의 왕실에서는 어쩌면 심청의 이런 행동을 칭찬했을지도 모른다. 하지만 조선의 뿌리를 이루는 평범한 백성들도 과연 심청을 칭찬만 했을지는 의문이다. 심 봉사도 심청을 말렸고, 가슴 아파하지 않았는가. 효도는 결국 부모를 위한 것이다. 부모의 가슴에 못을 박을 수도 있다면 효행을 실천하기 전 다시 한 번 생각해 볼 필요가 있다.

여러분, 잘 보셨나요?
부모님의 어깨를
토닥토닥 안마해 드려 보세요.
아마 부모님께서
무척 기뻐하실 거예요.

151쪽 효를 주제로 한 속담을 자유롭게 지어 보세요.

[실마리] 속담은 어려운 말이 아니다.

[도우미의 생각] 속담이란 사람들 사이에 전해 내려오는 쉬운 격언을 뜻한다. 곧 어려운 말을 만들어 내기 위해 고민할 필요는 없다. 바꿔 말해 어렵게 생각할 필요 없다는 얘기! 속담은 대부분 우리 주위의 일상적인 생활 속에서 피어난 것들이 많다. 나의 일상은 어떠한가? 내 주위에서는 무슨 일이 일어나고 있는가? 먼저 이 생각부터 해 보자.

그래도 어려워하는 친구들을 위해 도우미가 속담을 하나 만들어 보았다.

용돈이 효자를 만든다

자, 이제 감이 오는가? 속담 만들기, 결코 어렵지 않다.

천천히 깊게 읽는 심청전

1판 1쇄 발행 2013년 5월 10일
1판 3쇄 발행 2016년 10월 14일

엮음 김학민
그림 유기훈
감수 이순영

펴낸이 김영곤
아동사업본부 이사 이유남
교육출판팀장 신정숙
기획개발 이명선, 문숙영
마케팅영업본부 안형태, 김창훈, 오하나, 임우섭, 김은지
디자인 손성희

펴낸곳 (주)북이십일 을파소
출판등록 2000년 5월 6일 제406-2003-061호
주소 (10881) 경기도 파주시 회동길 201 (문발동)
홈페이지 http://www.book21.com

ISBN 978-89-509-4855-9 63810
책 값은 뒤표지에 있습니다.

• 제조자명 : (주)북이십일
• 주소 및 전화번호 : 경기도 파주시 회동길 201(문발동) / 031-955-2100
• 제조연월 : 2016.10.14
• 제조국명 : 대한민국
• 사용연령 : 6세 이상 어린이 제품